Volta

Claudio Willer

VOLTA

3ª edição

ILUMINURAS

Capa:
Fê

Revisão:
Ana Paula Cardoso

Composição:
Iluminuras

ISBN: 85-7321-046-X

2004
EDITORA ILUMINURAS LTDA.
Rua Oscar Freire, 1233 - 01426-001 - São Paulo - SP - Brasil
Tel.: (0xx11)3068-9433 / Fax: (0xx11)3082-5317
iluminur@iluminuras.com.br
www.iluminuras.com.br

Perdemos todas as batalhas
Todos os dias ganhamos uma
Poesia
A cidade se desdobra
seu rosto é o rosto do meu amor (...)
A outra face do ser
A outra face do tempo
O avesso da vida
Aqui cessa todo discurso
Aqui a beleza não é legível
Aqui a presença se torna terrível
Dobrada em si mesma a Presença é vazio
O visível é invisível
Aqui se torna visível o invisível
Aqui a estrela é negra
A luz é sombra luz é sombra
Aqui o tempo pára
Os quatro pontos cardeais se tocam
É o lugar solitário o lugar do encontro

Cidade Mulher Presença
Aqui começa o tempo.

Octavio Paz

Cidades são janelas em brasa com cortinas
puras, praças com a forma da chuva.
Quartos. Jarras.
Rostos como girando sobre gonzos.
E por dentro de tudo a morte ou a loucura

Herberto Helder

1

Alternam-se aqui um ensaio sobre o acaso objetivo e relatos de acontecimentos reais, com datas e indicações de lugares. Usei anotações de época e tudo o que minha memória foi capaz de reter. Os personagens, protagonistas e figurantes, receberam seus nomes verdadeiros. Apenas Soninha, Ieda e Tânia são pseudônimos. Soninha, nunca mais a vi, nem dela tive notícias. Ieda e Tânia estão ligadas a acontecimentos que não precisam sair dos limites do que é íntimo e pessoal.

"Acontecimentos", "real", "verdadeiro" — palavras como essas comparecem acompanhadas de todas as restrições a que têm direito. Sim, conto uma história feita de acontecimentos desenrolados em São Paulo por volta de 1980. Mas esses tendem a se confundir com o crescente halo de uma névoa que os acompanhou desde sua ocorrência, até nela se diluírem de vez. Sobra a versão que escolhemos, as palavras usadas para designá-los — essas, sempre as mesmas, presentes quando invocadas. Já estamos bem longe da estaca zero do pensamento e da literatura, e faz tempo nos questionamos sobre a relação entre os dois planos, das idéias e dos acontecimentos, das palavras e das coisas.

Um dos que lançaram dúvidas sobre a separação entre esses dois planos foi Jorge Luis Borges. Em *O Aleph* — ao qual voltarei adiante — há, logo em seu primeiro parágrafo, o anúncio de cigarros vermelhos nos painéis da Plaza Constituición. Indica, ao ser mudado, que o mundo, o real aparente, distancia-se de Beatriz Viterbo, que morreu. Há uma inversão: não é Beatriz quem, depois de morta, vai recuando, tragada pelo tempo. A Beatriz de Borges é fixa. Permanece como a paixão que por ela sente o narrador do conto. O que se move e se afasta desse ponto, da relação Borges-Beatriz, é o universo.

Dele faz parte a realidade cambiante dos anúncios de cigarros nos painéis da praça. No final, algumas páginas e muitos anos depois, a imagem de Beatriz também cede ao tempo e se desmancha, como já o vinham fazendo as referências urbanas que a rodearam.

Beatriz Viterbo é personagem de ficção, assim como seu irmão, o vaidoso poeta Carlos Danieri. Borges, ou melhor, seu narrador-personagem falsamente autobiográfico, descobre o Aleph, o corpúsculo luminoso no qual se encontram todos os pontos do espaço e todos os lugares do mundo, vistos de todos os ângulos, em todos os instantes, no porão da casa de Danieri. Suspeita ter achado um falso Aleph. Entidade mítica, imaginária, e como se não bastasse, falsa, equívoco a mais na comédia de erros que tem seu desfecho na consagração literária de Danieri.

É mencionado por Borges um texto de Burton, achado na biblioteca de Santos, em que o explorador inglês se refere a outras variedades do Aleph, outros objetos capazes de conter a simultaneidade, igualmente falsos. Para Burton, na versão de Borges, o verdadeiro Aleph está no interior de uma das colunas da mesquita de Amr, no Cairo. Temos aqui um desses deslocamentos, jogo rápido na troca entre fato histórico e invenção literária, tão familiares ao leitor de Borges. Richard Francis Burton existiu. Sua biografia, o filme sobre suas expedições, as edições de seus escritos, tudo isso está aí, pondo-o muito mais em evidência agora que na década de 40, quando Borges escreveu *O Aleph.* O aventureiro, pesquisador, explorador e escritor inglês morou em Santos. Na amplidão de suas pesquisas e especulações, poderia ser o autor de observações sobre o Aleph. Mas não o foi. Ou talvez o tivesse sido. Tanto faz. Em um caso ou outro, no plano do imaginado ou do documentado, fala-se de algo real, da surpresa diante do encontro de algumas dimensões a mais, a oferecer-nos uma quota, mesmo reduzida, de revelação, acaso objetivo, maravilhoso, sincronicidade, fantástico, magia, como queiram.

2

O imenso lustre do salão nobre que fica ao lado do *foyer* do Teatro Municipal de São Paulo, aceso, somado à claridade vinda de fora, das luminárias da Praça Ramos de Azevedo e da fachada do Mappin, fazia que brilhassem as imagens coloridas de seus belos vitrais e os dourados da decoração das paredes. O silêncio do teatro vazio e a tranqüilidade de um domingo à noite no centro da cidade levava-nos, a nós três — a Augusto Peixoto, a Oswaldo Pepe e a mim —, a nos sentir em uma breve pausa, intervalo entre a agitação dos dias precedentes e a agitação maior ainda que preparávamos, programada para iniciar-se no dia seguinte, 8 de novembro de 1976. Pausa suficiente para reexaminar e conferir providências para a abertura do acontecimento cultural, festa ou confusão com identidade própria, a Feira de Poesia e Arte, que nós, estrategistas do delírio, coordenávamos.

— Vou passar esta noite aqui, anunciou Augusto Peixoto, sentado à cabeceira da longa mesa de madeira maciça do salão.

O Teatro Municipal de São Paulo é uma cópia da Ópera de Paris, por sua vez um prédio do século XIX em estilo neoclássico. Portanto, cópia de outra cópia, agregado de estilos arquitetônicos e idéias de decoração. Assim deserto em um domingo à noite, podia ser muitas coisas, muitos lugares, conforme o modo de olhá-lo e a imaginação a animar esse olhar. Com o avançar da noite, nada impediria que se transformasse em castelo ou mansão, seus corredores, escadarias e salões de lâmpadas apagadas iluminados por reflexos da luz de fora, percorridos, passos abafados pelos carpetes, exceto ao pisar os granitos e mármores das escadarias e saguões, por um Augusto Peixoto tresnoitado, insone em sua madrugada de estátuas transformadas em vultos adivinhados à luz mortiça, pinturas do teto reduzidas a manchas de sombra, mesas e cadeiras de espaldar alto apenas silhuetas entrevistas.

Augusto nunca havia sido um elitista, nostálgico de alguma ordem heráldica. Naquela noite, desejava ser outro, personagem de si mesmo, duplo de sua excentricidade a percorrer o espaço transfigurado pela imaginação. Não sei se chegou a passar a noite ali, no teatro, vagando pela solidez do tempo mineral das edificações a transcorrer em uma escala que certamente não é mais humana, por mais que tenham sido construídas pelo trabalho do homem. Mas, se o fez, por uma vez na vida foi um solitário castelão, sombra senhorial a contemplar os emblemas de sua fortuna e poder, fantasma a explorar solene seus domínios sepulcrais, buscando reconhecer-se nos espelhos a recobrir as paredes que oferecem ao visitante o mistério de sua permanência.

Abri um dos pacotes que havia acabado de trazer da gráfica. Tirei dois exemplares do meu recém-impresso livro, *Dias Circulares*. Escrevi uma dedicatória em cada um, os primeiros autógrafos daquela edição, e os entreguei, um a Augusto, outro a Oswaldo. Terminávamos as tarefas exigidas por nossa missão, fazer que a Feira de Poesia e Arte fosse aberta ao público no dia seguinte, depois de chegarem ao Teatro Municipal pacotes de livros, quadros, material cênico, equipamentos e instalações.

A idéia que presidiu a esse trabalho havia sido lançar uns vinte livros, de outros tantos autores publicados por Massao Ohno, editor de poesia que retornava de alguns anos envolvido em outros projetos. Fui convidado por Massao para coordenar o lançamento que, rapidamente, impelido pelo entusiasmo de todos, tornou-se bola de neve à qual se agregavam idéias, ampliando o que inicialmente foi pensado como noite de autógrafos coletiva, e acabou se tornando espetáculo múltiplo, de artes plásticas, música, dança, imprevistos e multidões. Alguém (o próprio Massao?) convocou Oswaldo Pepe, um profissional de marketing que se pôs a descrever uma trajetória acelerada de contatos com escritores, artistas plásticos, grupos musicais, de dança, cineastas, autoridades, patrocinadores de coquetéis, recepcionistas para o coquetel, e até um costureiro, um estilista da moda para vestir as recepcionistas do coquetel. Augusto, por sua vez, convidado da artista plástica Maninha para organizar uma mostra de artes visuais, imediatamente passou a operar em uma freqüência muito acima e além da intenção de expor ilustradores e pintores mais ligados a Massao Ohno e seus poetas.

Isso tudo, sem que houvesse ainda um lugar onde pudéssemos instalar nossa feira cultural. Lance de sorte, três semanas antes da data marcada para a abertura, conseguirmos o Teatro Municipal, único espaço então disponível em São Paulo onde caberia todo esse entusiasmo e vontade de expressar-se. Estávamos iluminados, éramos portadores de um carisma diante do qual portas se abriam, fazendo que obtivéssemos a imediata aprovação do Secretário Municipal da Cultura da época, Sabato Magaldi, e do diretor do teatro, Maurice Vaneau. Providenciaram faixas, convites, folhetos, orquestra de câmara, funcionários da casa para trabalhar conosco. Depois do que presenciei, desde então, em matéria de lentidão burocrática e ambiente de guichê de repartição pública em órgãos culturais, a rapidez e facilidade com que tudo se processou parece milagre, água jorrando da pedra bíblica ao toque da vara. Talvez por ainda não terem transformado a expressão política cultural em moeda corrente, ultimamente em circulação a pretexto de planejar e administrar acontecimentos culturais, acabando por imobilizá-los, impossibilitando coisas como nosso voluntarismo cultural. Hoje, passaríamos meses negociando um patrocínio ou acompanhando as etapas da aprovação e autorização do projeto em órgãos públicos, a arrastar-se enquanto o entusiasmo por ele se esvaísse no mesmo andamento.

Praticávamos uma forma de resistência. A resistência possível, mostrar que estávamos vivos e éramos capazes de criar e nos expressar. A Feira quase coincidiu, naquele final de 76, com o fuzilamento de militantes de esquerda, do PC do B, que se reuniam em uma casa do bairro da Lapa. Aconteceu um ano depois dos protestos contra o assassinato do jornalista Vladimir Herzog em um centro de interrogatórios e torturas. Por isso, os milhares de pessoas que apareceram no Municipal naqueles três dias fizeram uma leitura política do que mostrávamos, aplaudindo com maior vigor as apresentações dos poemas que podiam (ou deviam) ser entendidos como protesto contra a permanência de um regime militar no Brasil. Até um poema meu em prosa, feito de imagens sobre um vago apocalipse que poderia ser pós-nuclear, pós-ambiental, ou uma experiência de vazio interior e derrota diante do tempo, tornou-se, naquela circunstância, trecho a mais do discurso de resistência.

Como descrever o que aconteceu, falar de tudo isso sem desfiar um relatório protocolar, ata de reuniões culturais ou reportagem deslocada, cobrindo agora o que a imprensa até chegou a noticiar, mas sem entender claramente o que se passava? Desapareceram, pegos por visitantes e ocasionais passantes, uns quinze mil exemplares dos folhetos com a programação do acontecimento empilhados na entrada do teatro. Isso permitiu a absurda estimativa de um número equivalente de pessoas lá dentro durante os três dias, superlotando um teatro onde cabem mil e seiscentos espectadores.

Mais que dos fatos, dos acontecimentos propriamente ditos, lembro-me do que eles em mim provocaram e ainda provocam. Na madrugada da quarta para a quinta-feira, depois do último dos coquetéis de encerramento, e de sermos postos para fora do teatro por vigias indignados com uma estuante orgia, vim para casa e comecei a rir sozinho. Maior que o cansaço acumulado nas três noites e muitos dias anteriores, invadia-me uma sensação perversa, satisfação diante do resultado de alguma maldade praticada com precisão, desconfiança de ainda ter deixado um pavio aceso, à espera da explosão. Impressão confirmada pela leitura de reportagens e notas nos jornais dos dias seguintes, denunciando a façanha de um rapaz do Rio de Janeiro, poeta alternativo desses de livrinhos irreverentes vendidos nos bares de mão em mão, que urinou no palco do Municipal em vez de limitar-se a ler seus textos, registrando assim sua contribuição à emergente modalidade artística, a performance. "Cariátides enrubescidas" — sorrio até hoje ao lembrar-me do choque de códigos provocado pela expressão usada em um dos editoriais que nos acusavam de profanação do teatro, fazendo antever manifestos de academias querendo nossa expulsão do Parnaso. No retorno de três dias de praia, tentativa de suprimir a excessiva consciência da agitação, dirigi-me diretamente a um estúdio de

SECRETARIA MUNICIPAL
DE CULTURA

MASSAO OHNO

convidam

FEIRA PAULISTA
DE
POESIA
E
ARTE

a partir das 19hs

8/9/10 de Novembro de 1976

ENTRADA FRANCA

TEATRO MUNICIPAL
Praça Ramos de Azevedo

... uns quinze mil exemplares dos folhetos com a programação...

televisão, para uma entrevista com a finalidade de explicar acontecimentos que nem mesmo conseguia entender com clareza.

O resto são fragmentos. Lembranças de cenas que se misturam a fotografias, folhetos e recortes de jornais mais fragmentários ainda, peças de um jogo de armar, painel que não faço questão de reconstruir: "Nível! Nível! Tem que haver nível!", exclamava o clarinetista Albertito Martino, olhos arregalados depois de apresentar-se nas escadarias do saguão com sua Traditional Jazz Band, pessoas dançando e disseminando um clima de festa que durou até a última noite. Contraponto para o Mozart da orquestra de câmara que abriu, primeiro movimento, o espetáculo cuja seqüência fui eu, microfone na mão na mesma escadaria a ler trechos de uma homenagem a Dashiell Hammett, a evocação do autor americano indicando que daí por diante valia evocar tudo, o que bem entendessem, para sair aliviado de cena sob esparsos aplausos e cruzar com a organizadora de uma importante antologia de novos poetas, Heloísa Buarque de Hollanda, isso aqui está uma loucura, diz ela. Pessoas preenchem um questionário da artista plástica Regina Vater, perguntando o que é arte?, enquanto outros artistas plásticos, desgarrados de suas obras e instalados nos camarins, alguns a quem eu conhecia, outros a quem nunca vi, ou a quem voltaria a ver muitas vezes, animada confraria transformando corredores e salas atrás do palco em Feira Dois, réplica igualmente divertida do que se passa em maior escala na entrada, no interior do teatro e nos salões de cima, no bar do *foyer* onde as seis recepcionistas vestidas de ninfas gregas vez por outra servem copos de vinho aos que vêm do saguão, dos demais andares, da platéia, dos balcões, anfiteatros, frisas e camarotes, dos corredores, o lugar da mini-bienal de artes plásticas onde dois amigos meus cuidam de sua instalação de neon e luzes estroboscópicas que piscam e piscam sem parar, assim como pisca a ponta do dedo indicador da luva de três metros que Augusto Peixoto instalou, não sei como, coroando as portas de entrada do teatro, face a face com a enorme cara de Jimi Hendrix em uma tela sobre a escadaria que percorro para chegar ao saguão, e lá a multidão me envolve, impossível prosseguir, desisto, não coordeno mais nada, daqui em diante serei levado à deriva, a festa é que me conduz, seja o que Deus quiser, vejo Massao Ohno imóvel no centro do saguão, sua expressão tão impassível como se estivesse na encosta superior das montanhas do Itatiaia a contemplar a paisagem aberta por aquela ribanceira de dois mil metros de altura, paro para autografar, rodeia-me um torvelinho de pessoas a quem ainda reconheço, passam por mim Oswaldo e Augusto, acelerados mensageiros na maratona por alguma providência cujo sentido me escapa, volto a ser sorvido pela multidão e já estamos na segunda noite, os dias se emendaram, a festa suprimiu o tempo intermediário, horas tragadas em um desvão do sonho onde jamais saberei onde estive e o que fiz — mas quem dorme? de quem é o sonho que protagonizo? — e passa por mim um amigo que me explica didaticamente por que irá retirar-se antes que o circo pegue fogo, pois o garotão carioca acabou de fazer seu xixi no palco, não tão despercebido que já não surgissem alguns focos de consternação na multidão de atenções voltadas em várias direções, que história é essa? vamos lá ver o que se passa, abro caminho rumo ao palco, mas o exibicionista desapareceu e já não há mais leituras nem performances, em seu lugar uma visão de corpos em lentos movimentos contra um fundo de luzes azuis, é um balé do grupo Stagium, em qualquer ocasião que o visse ficaria impressionado, mais ainda aqui sob forma de encontro imprevisto, algo como dobrar uma esquina e mudar radicalmente de cena, cair em outra paisagem, e agora documentaristas exibem seus filmes, fotógrafos projetam seus diapositivos, todos os grupos Bendengó mostram pela primeira vez seu trabalho musical, a luz estroboscópica da instalação intensifica seu piscar, e o Teatro Municipal é a câmara de eco de um coral de milhares de vozes, esta Feira é um organismo que respira, pulsa, freme, do qual faço parte, viajante no ventre da baleia, passageiro ou prisioneiro da Navilouca sem rumo ou destino de chegada, mas esperem aí, só faltava isso, outra confusão no palco, desta vez um artista plástico, Ivald Granato, invadiu uma apresentação de poetas marginais do Rio de Janeiro e Maurice Vaneau perde a paciência, Vou mandar descer o pano!, exclama, devo acalmá-lo mas não há mais tempo, tudo se sucede com rapidez e agora é minha vez, sou eu que estou no palco na última noite com mais dez ou quinze poetas, mesmo com refletores batendo em minha cara percebo que há gente até lá em cima, sombras nas galerias e anfiteatros, mas não, não é possível, de novo invade o palco e intromete-se um penetra de leituras de poesia, outro garotão carioca, e esse já vai tirando a roupa, Oswaldo aparece saído dos bastidores, agarra o intruso e o arrasta para fora do palco, ainda bem que já estamos no final da Feira, mesmo com essas confusões não haverá mais tempo de suspenderem o espetáculo, chamamos de geração AI-5 a parte do público que se pôs a vaiar a remoção do intruso exibicionista, o adolescente Edu lê seu poema sobre a adolescência e é aplaudido, tudo em paz outra vez com o público e lá vou de novo com meu Dashiell Hammett e o vago apocalipse em prosa, a meu lado no palco o taciturno poeta que veio do Rio de Janeiro acompanhando Heloísa, chama-se Ricardo G. Ramos e desde que chegou repete a mesma frase, "quero ler um poema meu", OK, Ricardo, então leia seu poema, e ele lê o que havia escrito sobre o assassinato do jornalista Vladimir Herzog em um domingo colorido pela TV, aplausos consagram a ousadia, duas horas depois convencemo-nos que ainda não havia sido dessa vez que seríamos presos, acabaram-se as leituras, balés e filmes, o público já se foi, o último coquetel é servido pelas garçonetes fantasiadas de ninfas, brindes ao final bem-sucedido da aventura e o poeta Roberto Piva, um dos mais ativos participantes de tudo, dá um esbarrão em um rapaz que cai sobre uma moça e começa a beijá-la, seus gestos se multiplicam — como, orgia para completar o espetáculo? só faltava isso, ainda bem que Vaneau e Sabato já se recolheram, ficaram porteiros e vigias que nos expulsam, chega! fora daqui! já para fora!, um deles nos segue até a escadaria da frente do Municipal, dedo em riste como o arcanjo a nos banir do Paraíso, está certo, eles também têm o direito a encerrar seu expediente, já é madrugada no silêncio da Praça Ramos de Azevedo deserta cortado por uma frase, "vamos ao Bora-Bora", diz alguém referindo-se não à ilha mas a um novo bar na Rua Henrique Schaumann, outra facção, liderada por Augusto Peixoto, não gosta da Zona Sul e quer ir a algum bar ali mesmo no centro da cidade, mas para mim chega, vão vocês, sigam noite afora e continuem a festa, eu fico por aqui, vou para casa, vou para muito longe, onde possa respirar fundo, repassar na memória o filme com as cenas do que fizemos, enquanto procuro escapar do alucinante labirinto que ajudei a construir.

Já me perguntaram por que não demos continuidade à Feira e não fizemos mais vezes esse tipo de lançamento de livros acompanhado de espetáculos e exposições. Acho que a repetição iria burocratizar o espontâneo daqueles dias. Faltaria a mesma conjunção de imprevistos, favorecidos pela emergente liberdade de expressão na época das primeiras manifestações públicas em favor da redemocratização do país, que ainda teriam muitos anos para prosseguir. Época também de uma revalorização da poesia e dos poetas, que prosseguiria igualmente por mais algum tempo, incluindo os então recentes independentes, marginais e alternativos, inicialmente os nossos convidados do Rio de Janeiro, depois os de São Paulo e de qualquer outro lugar onde houvesse gente disposta a ouvi-los.

A diferença da Feira de Poesia e Arte com relação a bienais e congêneres foi não se limitar a mostrar criações artísticas, porém esboçar um gesto de negação. Quanto às denúncias da violência durante o regime militar, então feitos meio obliquamente, entreditas no espanto de as vermos saírem de nossas bocas e chegarem a outros ouvidos, não acho que sejam página virada da História. Fazem parte de um confronto maior entre liberdade individual e opressão. Hoje, isso teria que ser feito de outro modo, na retomada do que não se esgotou porque não chegou a repetir-se. Cada época e cada momento da História têm a catarse coletiva que merecem. Em 1947, pouco antes de morrer, Antonin Artaud foi convidado a apresentar-se no teatro *Le Vieux Colombier* de Paris. O criador do Teatro da Crueldade, trancafiado em hospícios na maior parte dos dez anos anteriores, falou torrencialmente por duas horas. A um dado momento, interrompeu-se como se lhe faltasse a voz. Por intermináveis segundos, permaneceu a olhar fixamente para aquela platéia, antes de sair correndo do palco, abandonando os que haviam comparecido a sua reaparição pública. Mais tarde comentou: *Repentinamente, percebi que já havia passado a hora de reunir pessoas num teatro, até mesmo para dizer-lhes algumas verdades, e que não existe outra linguagem para a sociedade e seu público a não ser aquela das bombas, das metralhadoras, das barricadas e de tudo o que se segue daí.* Lucidamente, com uma lucidez inseparável de seus delírios, mostrou que prosseguir a apresentação, para depois voltar a fazê-la, seria algo semelhante a tornar-se um performer, artista de um espetáculo só que se diluiria na repetição, afastando-se do projeto de transformação da linguagem, do homem e do mundo no qual se havia envolvido tão radicalmente.

3

Marginal — aplicada a Augusto Peixoto, a expressão não servia apenas para designar hábitos, companhias, desvios da norma e das leis, ocupações, preferências sexuais e amorosas, porém um movimento especial que imprimia a sua vida, um modo de chegar e partir, fazendo que sempre parecesse vir de fora, da órbita periférica em que trafegava. Via-o de vez em quando, esporadicamente. Mais próximo de alguns amigos meus do que de mim, cultivava isso como estilo, surgir de repente e logo sumir por mais um tempo.

Pouco depois de eu conhecê-lo, por volta de 1960, viajou para o Rio de Janeiro com um amigo meu que tinha uma lambreta, Augusto na carona e esse amigo a dirigir o precário biciclo Via Dutra afora. Levavam uma barraca e acamparam por alguns dias em plena areia de Ipanema. Ao retornarem, meu amigo — que certamente não era um tipo medroso, moralista ou demasiado impressionável — comentou, em tom de queixa e espanto, sua propensão à marginalidade. Mas não entrou em detalhes, não relatou o que, exatamente, Augusto fazia, e nunca mais tocou no assunto, nem voltou a procurá-lo, que eu saiba.

Augusto, por sua vez, reapareceu meses depois, querendo vender-me um aparelho de telefone que trazia debaixo do braço. Em seguida, instalou-se em um escritório na esquina do Viaduto Major Quedinho com a Rua Santo Antonio, no prédio ao lado daquele onde eu morava. Tornara-se empresário. Dirigia com entusiasmo uma revista de turismo, contrafação da *4 Rodas* que resistiu por um ou dois números. Voltou a dar notícias de si anos mais tarde, já em 1967. Agora, como artista plástico. Telefonava para avisar-me da abertura de sua exposição em uma galeria da Avenida São Luís. Expunha miniaturas, desenhos sobre cabeças de alfinete para serem vistos através de uma lente.

Logo em seguida mudou de escala e adotou seu estilo definitivo. No lugar do espaço mínimo e concentrado das cabeças de alfinete, amplos telões que pareciam lençóis, para serem pendurados nas paredes. Recobria-os uma caligrafia sintética de poucas linhas curvas, longos traços entrelaçando-se harmoniosamente. Por essa época, converteu-se ao hinduísmo. Passou a praticar a Hata-Ioga e a estudar a vida e obra do Swami Vivekananda. Seus olhos brilhavam com intensidade ainda maior quando discorria sobre esse seguidor de Ramakrishna, difusor da filosofia védica no Ocidente. Tinha-se por discípulo eleito do Swami; chegava a afirmar que conseguia conversar com ele, comunicar-se telepaticamente com o mestre morto décadas antes. Talvez como resultado dos exercícios de respiração, leituras e uma exacerbada imaginação, não duvidava de sua capacidade de enxergar o outro lado e estabelecer contato com um mundo de mortos e outros seres sobrenaturais.

Entre o momento em que eu o conheci e sua transformação em dublê de místico e artista de vanguarda, tivemos as notáveis mudanças de valores e comportamentos daquela década, o advento da contracultura, com reflexos até no Brasil. Mas Augusto Peixoto não se limitou, como tantos outros, a tornar-se um *hippie*. Sua metamorfose foi de outro gênero e poderia tê-lo levado ao mesmo lugar, às mesmas crenças e manias, uma década antes ou depois. Mais que adesão, houve uma adoção de sua identidade, incorporando a si o excêntrico que sempre fora. O envoltório oriental, nunca mais o deixou de lado, assim como não parou de usar batas de seda, brancas ou negras, no lugar de camisas. Na composição do personagem, ajudava-o seu tipo físico: magro, olhos e cabelos negros, rosto pálido e não moreno pelo simples motivo de trafegar mais à noite que durante o dia, nariz afilado em um rosto estreito, poderia passar por nativo de alguma região da Índia.

Inesquecível foi a vez em que me visitou em um quarto de hospital onde eu havia sido jogado por uma inesperada pneumonia, em 1969. Apareceu para relatar-me as confusões recentes em que se metera por acolher um rapaz, com quem então morava, e que se drogava pesadamente, além de outros hábitos e traços de personalidade que o caracterizavam como um perfeito bandido. Influenciado, segundo

Augusto, por uma confraria de bruxos, adeptos da magia negra que dedicavam o restante do seu tempo ao tráfico de drogas. Em meu torpor febril, ouvia-o a relatar sua resistência aos representantes do baixo-astral.

Ao que parece, esse foi um dos muitos episódios do gênero que marcaram a vida sexual e amorosa de Augusto. Sua predileção dirigia-se a rapazes delinqüentes. A cada nova ruptura com seu hóspede ou visitante mais recente, em lugar de limitar-se a trocar a chave da porta, instalava uma nova fechadura. Quem me chamou a atenção para mais essa excentricidade foi Roberto Piva, que se divertia observando o crescimento da fieira de trancas e fechaduras, galeria de troféus permitindo calcular quantas pessoas Augusto já havia acolhido em seu apartamento à Rua Jesuíno Pascoal, bairro de Santa Cecília. Estive naquele apartamento. A ruazinha da extensão do seu quarteirão, inesperadamente tranqüila para um lugar tão central, à margem do fluxo de tráfego para o Largo do Arouche logo ao lado, dava a impressão de lugar inerte, parado no tempo, mesmos prédios e sobrados há décadas, inalterados, exceto pelo inevitável envelhecimento, como se fizessem parte de um bairro em miniatura incrustado no cerne da metrópole. Na velha e confortável construção dos anos 30 ou 40, um corredor margeando o pátio interno, na entrada do apartamento uma pia de louça saindo de um quadrilátero de azulejos portugueses, os telões com arabescos pelas paredes, móveis antigos, baús e oratórios nos quartos, uma profusão de objetos, saldo de uma das atividades com que Augusto sobrevivia, o comércio de artes e antiguidades.

Em algum momento dos anos 70, telefonou-me de novo para comparecer a uma performance sua, que consistiu em jogar latas de tinta de diferentes cores de cima do viaduto que passa sobre a Avenida 23 de Maio, na altura do Parque Ibirapuera. Mas tudo o que pudesse exibir de maníaco e alucinado não o impedia de estar em sintonia com o que se passava nas artes plásticas. Demonstrou-o com sua participação na Feira de Poesia e Arte. O que ele reuniu de obras e artistas correspondia, pela quantidade e nível, à seção nacional de uma Bienal de São Paulo, ou mais. Além dos amigos e artistas mais próximos dele ou de Massao, procurou outros nomes consagrados.

Foi à casa de Alfredo Volpi e saiu dali com uma tela nas mãos e a adesão do veterano pintor. Também arrebanhou obras de Maria Bonomi, Gruber, Grassman e outras notoriedades brasileiras. Atento ao novo, falou-me de um artista a quem estava convidando, Ivald Granato, naquele momento um completo desconhecido cuja performance no adjacente município de Santo André o havia encantado: consistia em comer uma macarronada, devolvê-la ao prato e voltar a pô-la na boca, e assim sucessivamente, até deixar o público completamente nauseado.

Lembro-me dele em uma reunião em casa de Jorge da Cunha Lima, dias antes da abertura da Feira de Poesia e Arte, para tratar dos acertos finais, planejar o imprevisível. Sentados ao longo de uma longa mesa retangular, poetas, outros artistas, organizadores e colaboradores ouviam Augusto, sentado à cabeceira, enfático, exaltado, olhos arregalados a discursar sobre como transcorreriam as atividades ligadas às artes plásticas.

Finalmente, com a ajuda de dois rapazes que havia recrutado e nomeado seus assistentes, talvez peças de seu acervo de delinqüentes juvenis, acabou ocupando boa parte do espaço disponível com um extenso bricabraque de quadros, objetos e instalações. Um trabalho que, normalmente, demandaria mais tempo e uma equipe bem maior. Redecorou o Municipal com a luva gigante cujo dedo piscava sobre a entrada, panôs pendurados para fora das janelas dando-lhe ares de castelo medieval em dia de festa, e os painéis estrategicamente pendurados. E queria mais. Se deixassem, transformaria todo o Municipal em instalação, cercando-o de rolos de arame farpado do tipo usado em manobras militares, para que a abertura da Feira consistisse no secretário da cultura cortando os rolos com uma alicate, como se desatasse uma fita inaugural.

Augusto contribuiu, e muito, para minha coleção de lembranças hilariantes da Feira de Poesia e Arte. Atento aos detalhes da organização — basta dizer que todas as obras expostas entravam com recibos, em um controle suficiente para que nenhuma delas sumisse ou se extraviasse —, esqueceu de expor a si mesmo, de incluir na mostra algum trabalho seu. Ao reparar nisso pouco antes da abertura, improvisou. Trouxe de algum lugar uma estranha mão feita de plástico, de uma cor indefinível de carne desbotada, entre o rosa e o vermelho, e a colocou na ponta de uma das mesas de madeira maciça do Municipal, como se a estivesse segurando. Intitulou o conjunto, considerando-o sua participação. Arte conceitual. Outro esquecimento, e não por culpa de Augusto, foi não haver lugares para os autores cujos livros estavam sendo lançados poderem autografá-los. Um dos editados por Massao, o arquiteto José Pedro de Oliveira Costa, procurava onde instalar-se e a seu novo livro de desenhos. Descobriu a mesa, vaga exceto pela mão avermelhada de plástico numa das pontas, e espalhou os livros sobre ela, à espera de seus autografados. Por pouco tempo, porém: apenas até que Augusto o visse e expulsasse dali. José Pedro estava pálido, seus olhos fuzilavam ao aparecer à minha frente, perguntando: — Quem pariu esse tal de Augusto Peixoto? Disse-lhe para falar com Massao Ohno. Segundos depois, apareceu-me Augusto, igualmente transtornado a queixar-se da invasão de sua obra. Recomendei também que consultasse Massao, e saí do teatro, fui até um bar próximo, perguntando-me como faria o editor para livrar-se dos artistas enfurecidos.

Em compensação, Augusto teve uma intervenção salvadora, lance de oportunismo providencial. Os previsíveis agentes da repressão, os policiais do DOPS, estiveram lá na terceira noite. Munido daquele faro das pessoas que transitam pela marginalidade, Augusto imediatamente os reconheceu e os levou ao *foyer* das garçonetes gregas para alguns copos de vinho, entretendo-os com banalidades sobre a importância das manifestações artísticas até que os policiais à paisana se dessem por satisfeitos e fossem embora. Enquanto isso, do outro lado da parede, platéia e palco do Municipal confraternizavam na satisfação de poderem ouvir e dizer tudo o que pensavam sobre o regime militar e sua atuação repressora. Mesmo não sendo mais tempo de levarem quem bem entendessem para interrogatórios e torturas (ou não? o extermínio dos dirigentes do PC do B na Lapa foi logo em seguida), Augusto conseguiu evitar alguns contratempos, a começar pela suspensão da Feira.

Tomado pelo ímpeto messiânico de promover acontecimentos culturais, ele quis continuar, seguir em frente a qualquer custo, encerrada a Feira e dissipado o escândalo do rapaz do xixi no palco. Planejou um livro onde, em cada página, se alternariam reproduções das obras que haviam sido expostas e depoimentos de seus autores. Discordei. Até então, tinha havido um trabalho coletivo que, aceito seu plano, prosseguiria como iniciativa pessoal, sob sua tutela. Ninguém mais se interessou e a idéia não foi adiante. Mesmo assim, ainda conseguiu juntar parte daquele acervo e o reapresentou no Clube dos Artistas e Amigos da Arte, o Clubinho, enviando convites por telegrama. Compareci ao que deve ter sido o último dos acontecimentos culturais no Clubinho, abertura de uma exposição e encerramento das décadas de encontros de sucessivas camadas da boemia e da intelectualidade de São Paulo no subsolo do Instituto dos Arquitetos, à Rua Bento Freitas.

Passado esse estágio intensivo e concentrado de Augusto Peixoto, nossos contatos voltaram a rarefazer-se. Ainda me telefonou, meses depois, para que viesse a um leilão de obras de arte que promovia em um hotel, o Holiday Inn de São Bernardo.

4

Toda cidade de uma certa dimensão e duração tem seus bairros antigos e misteriosos. Em São Paulo o mais próximo aos convites ao estranhamento na metrópole é o Bixiga, com sua sobreposição arbitrária do valor estético e da necessidade. Aqui, a fachada coberta de pastilhas azuladas. Adiante, um frontão decorado. Logo depois, a esverdeada casa *art déco*, desenho geométrico que chegou a ser e merecia continuar sendo o traço dominante da fisionomia arquitetônica da cidade.

É pouco, comparado aos labirintos da Alfama de Lisboa. Ou a Praga e seu bairro histórico, com o palácio da defenestração, a praça em frente, o relógio de quando o tempo tinha outro sentido, a sucessão de épocas, medieval, renascentista e barroca que atravessa a Ponte Karlova até o castelo imperial, nos fundos a fileira de casinholas de alquimistas, escolhidas como morada por Kafka e como cenário de histórias fantásticas por Gustav Meyrink.

Praga deve um acréscimo de aura ao modo como Meyrink, autor vienense do começo do século, a descreveu com amorosa atenção em passagens de *O Golem* e outras narrativas. Escolheu a capital checa por ser um aficionado do ocultismo. Suas histórias, impregnadas de idéias extraídas da cabala, teosofia e alquimia, só podiam acontecer em uma cidade que dá a impressão de ser subterrânea, mesmo à luz do sol, e um reduto de magos, mesmo para quem não conhece a história do Golem, o homúnculo engendrado por um rabino no século XVI, e do Imperador Rodolfo, obcecado pela transmutação dos metais, construtor do Beco dos Alquimistas. Na tentativa de levar a simbologia hermética à criação literária, Meyrink acabou por descrever a impressão de estar em outro plano da realidade, como nesta passagem de seu último livro,

O Anjo da Janela Oeste: Caminho através das velhas ruas da cidade de Praga, ao longo das muralhas ladeadas de árvores que levam ao Portão da Pólvora. As árvores estão tingidas pelo outono. Faz frio. (...) Enquanto sigo meu caminho, uma rua segue-se à outra em uma progressão natural; sinto, porém, uma espécie de compulsão. Sinto-me como se isso tudo fosse um sonho, e no entanto, com certeza, não se trata de um sonho.

Já não sentimos isso? Nunca tivemos a sensação de, ao prosseguir por ruas e vielas, invadir camadas mais profundas do sonho? Sonho que pode ser pesadelo, retratado no trecho de *O Golem* em que casas carcomidas do gueto judaico assumem a aparência de caratonhas a observar o passante que caminha para uma seqüência de sustos.

Mais que a evocação do século em que tal palácio, casarão ou sobrado foi construído, fascina, nesses bolsões do mistério das cidades, a impressão de estarem fora do tempo. Seu arquétipo é a cidade mítica das lendas escandinavas, Heligoland. Cidade que, uma vez a cada século, retorna do fundo do mar aonde foi precipitada por um anátema. Nesse breve dia, lojas reabrem, moradas se agitam, habitantes recomeçam as atividades. Na lenda nórdica — contrapartida de outra, do Navio Fantasma, do viajante perdido no tempo que chega a um porto real — o recém-chegado se espanta com a naturalidade com que trabalham artesãos, vizinhos conversam, crianças brincam, sem saber que levam uma vida à parte, figurantes do mito.

Não é apenas a antiguidade que torna notáveis alguns lugares. É a existência literária. São bairros-texto de cidades-texto. Escritores foram levados a perder-se por vielas e ruas, para que de seus trajetos resultassem encontros com imagens e histórias. Percorrê-los é a leitura do que sobre eles foi escrito e neles está inscrito. Passos perdidos, palavras encontradas. O escritor nomeia a cidade, dá sentido a seus lugares. Quando Lautréamont, em *Os Cantos de Maldoror*, fala dos magazines da Rue Vivienne que repentinamente se esvaziam e fecham quando bicos de gás de lampiões tremem pressentindo a catástrofe, transformou esse nome, Rue Vivienne, em sinônimo do susto. Em São Paulo, a Rua Lopes Chaves seria anônima se não estivesse nos poemas de Mário de Andrade, que também tornou mais visíveis o Largo do Cambuci ou a Ponte das Bandeiras ao inscrevê-los em sua obra, a partir de *Paulicéia Desvairada*. E há tantos outros exemplos, como a Buenos Aires que Borges, mesmo cego, continuava a percorrer, conforme relata Emir Monegal. Nela, a Plaza Constituición do primeiro parágrafo da obra prima, *O Aleph*.

Paris, de todas, é a mais literária das cidades, não apenas habitada e visitada, porém escrita. Os novelos de vielas e travessas do Marais e do Quartier Latin, bairros mais antigos, convidam quem os percorre a entrar no registro literário. Seus nomes de ruas, praças, parques e pontes têm o peso de imagens poéticas no capítulo inicial de *O Jogo de Amarelinha* de Cortazar: *Encontraria a Maga? Tantas vezes bastame chegar, vindo pela rue de Seine, ao arco que dá para o Quai de Conti, e mal a luz cinza e esverdeada que flutua sobre o rio deixavame entrever as formas, já sua delgada silhueta se inscrevia no Pont des Arts*. Encontraria a Maga? Ou não, a perderia nos endereços que vai enunciando: Bulevar de Sébastopol, gueto do Marais, Parque Montsouris, Place de la Concorde, Rue des Lombards...

Cortazar, em *O Jogo de Amarelinha*, parafraseia André Breton, que, em obras como *Nadja* e *O Amor Louco*, transformou Paris em roteiro de experiências poéticas. Na fase mais heróica e anárquica do surrealismo, nos anos 20, Louis Aragon escreveu *Le Paysan de Paris*, O Camponês de Paris, descrição de lugares insólitos, galerias que estavam para ser demolidas nas imediações do Teatro da Ópera e um parque em uma colina, as Buttes Chaumont, que oferecia paisagens abissais. Seu contraponto no surrealismo são as paisagens de sonho de *Liberté ou L'Amour*, Liberdade ou o Amor, de Robert Desnos: em busca de sua amada Louise Lame, o protagonista, Corsário Sanglot, percorre a Champs Elisées sob uma chuva de luvas — luvas de pelica, de couro, sua queda entremeada pelo cavo rumor de uma luva de boxe — tendo como guia da caminhada um anúncio luminoso. Paris descrita em Aragon; Paris sonhada em Desnos.

Autor espacial, de imagens visuais, André Breton indicou os lugares onde se encontrava com Nadja, sua etérea visionária. E, em *O Amor Louco*, descreveu o cenário de um encontro antecipado em um poema escrito muitos anos antes: é um roteiro que vai do antigo mercado de Les Halles, atravessando a ponte, passando pelas barracas dos floristas, até o Quartier Latin. Ao transformar em literatura seus percursos sem destino pelas ruas da cidade, Breton continuou uma tradição da qual faz parte Baudelaire, a do *flaneur*, o caminhante desgarrado na metrópole.

A cidade surreal é celebrada no poema de Octavio Paz, *Noite em claro*, dedicado a Breton e Benjamin Péret. Transfigura-se quando os poetas passam por um par de namorados e a *cidade se desdobra/ seu rosto é o rosto do meu amor*. Pergunto-me se também não há alusões, homenagens oblíquas à relação surrealista com a cidade em trechos de Herberto Helder, extraordinário poeta contemporâneo português, para quem *cidades são janelas em brasa com cortinas/ puras, praças com a forma da chuva. (...) E por dentro de tudo a morte ou a loucura*. Há uma janela em brasa, uma cortina vermelha, praça, morte e loucura em Nadja de Breton.

* * *

A Feira de Poesia e Arte de novembro de 1976 não foi um acontecimento isolado. Outras combinações de festa, manifestação política e apresentação cultural, nessa época de reabertura política e mobilização pela democracia, faziam de São Paulo o território reconquistado, ocasião de redescobertas de pessoas e lugares. A impressão era de sair de um *bunker*, cancelar uma agenda de desencontros e readquirir o hábito de andar por onde bem entendêssemos, à luz do dia ou noite afora. A política tornou-se menos subterrânea e a vida cultural passou a oferecer mais alternativas. A redução da censura à imprensa e espetáculos ampliou as escolhas do que fazer e o que freqüentar. Permitiu a sobrevida de publicações da imprensa alternativa até a década seguinte, para, depois de terem resistido à supressão policial, acabarem estranguladas por dificuldades econômicas.

Um dos indícios de a atmosfera urbana ter-se ventilado foi a reabertura dos bares. Até o início dos anos 60, os bares referenciais ficavam no centro da cidade, perto do canto arborizado atrás da Biblioteca Municipal, esquina da Avenida São Luiz com Praça a

Dom José Gaspar. O mais importante, o Paribar, freqüentado por artistas e intelectuais. Depois espalharam-se, acabando alguns por fechar. Outros se esvaziaram de pessoas e de sentido, até resistir apenas o Riviera na esquina da Consolação com Paulista, suas luzes acesas madrugada afora para atrair a quem vagasse pela noite.

Em 1977, já na reabertura política, instalou-se a sucessão de bares da Rua Henrique Schaumann, freqüentáveis antes de naufragarem sob criaturas e automóveis. Logo a seguir, foram abertos os cafés. Não passavam de bares mais estilizados, madeiras escuras em imitações de *pubs* ou tavernas, que logo viraram moda e se multiplicaram. Um deles, um dos primeiros, beneficiado por uma escolha feliz de local: o Café do Bixiga no início da Rua Treze de Maio, junto à esquina que também era o portão de entrada para o restante do antigo bairro de calabreses e napolitanos, onde há tempos a pobreza dos cortiços, pequenas moradas feitas pelos imigrantes, casarões decadentes transformados em pensões, convivia com a animação dos teatros e cantinas, traçando seu destino de bairro boêmio.

Ao lado do Café do Bixiga, atraídos pela paisagem acolhedora, logo entraram em funcionamento outros locais noturnos. O mais original, o Persona, inaugurado nos primeiros dias de janeiro de 1980. Com suas salas, corredores e porões, assoalho de longas tábuas, janelas verticais da arquitetura do século passado e vigas à mostra, foi mais um dos projetos, então freqüentes, de bar cultural, onde se podia beber e tentar comer algo, ouvir música, ocasionalmente assistir a leituras de poesias e performances, ver quadros expostos e comparecer à noite de autógrafos de alguma promessa literária.

No Persona era proporcionada aos freqüentadores uma atração a mais, os espelhos. Ficavam no porão do casarão centenário, estreito e longo, de muitos ambientes, térreo na frente e sobrado atrás, construído como tantos outros no declive da encosta entre a Treze de Maio e o vale da Avenida Nove de Julho. No salão da entrada, o bar propriamente dito e suas mesas, cadeiras, balcão e som. O estreito corredor lateral da entrada levava a uma escada descendente; esta a um pátio, ante-sala do subterrâneo com aspecto de cave, pé-direito baixo, arcos de tijolos expostos sustentando as tábuas do assoalho do andar de cima. Entrada, mais um passo na escuridão, para a catacumba, o porão dos espelhos com seu musgo e mofo insinuados, mesmo se inexistentes. Lá havia velas e demais equipamentos para o ritual propiciatório, divinatório, de auto-conhecimento, ou simples passatempo e jogo de salão criado pelo dono do bar, o artista plástico Roberto Campadello.

Esse jogo, que levava o mesmo nome do bar, valia-se dos espelhos reversíveis, também usados em laboratórios e interrogatórios. Conforme a posição da luz, refletem o que está de um dos lados ou permitem enxergar o outro, o vidro passando alternadamente da opacidade à transparência, mostrando algo além ou aquém da superfície, o espectador ou um outro. Duas pessoas, uma de cada lado, munidas de suas velas, deveriam iluminar-se ou escurecer-se, aproximando ou afastando a luz, de tal modo que as imagens sobrepostas no vidro permitissem todas as fusões possíveis de suas caras e corpos. Para Campadello, artista nada indiferente a símbolos, esse diálogo de formas, mais que simples passatempo, revelava polaridades essenciais, o Yin e Yang, Animus e Anima, Máscara e Persona, ou qualquer outro par de noções bipolares, emanações de uma tensão de opostos, que ganhamos das cosmogonias arcaicas e suas versões mais recentes, psicologia junguiana inclusive, representadas também pelo dia e noite, sol e lua, masculino e feminino, céu e terra.

Polaridades, suas cargas elétricas, seus campos magnéticos — aceitas como princípio, lei da natureza ou do cosmos, pode-se admitir que se reflitam na geografia urbana, dando às cidades um mapa adicional e invisível de lugares mais luminosos ou sombrios, ativos ou passivos, excitantes ou deprimentes. Escritores já descreveram esses mapas ocultos das cidades. Especialmente os de Paris, fonte de fascinação literária. André Breton, em *Nadja*, reclamou da estátua de Etienne Dolet na Praça Maubert, que lhe causava insuportável mal-estar, e designou a Praça Dauphine como *um dos piores terrenos baldios de Paris*, capaz, entre outros efeitos, de invadi-lo com um torpor que o tornava incapaz de sair dali.

São Paulo tem desses lugares. O mais conhecido é o trecho nefasto na entrada do Vale do Anhangabaú, na altura da Praça das Bandeiras.

Mas nunca ouvi comentários ou li algo sobre as duas calçadas, duas margens, esquerda e direita, de quem sobe a Treze de Maio saindo da Santo Antônio, em seus dois primeiros quarteirões. Freqüentadores do trecho até a esquina da Rua Conselheiro Carrão, fronteira separando o território dos bares e o das cantinas italianas, podem ter reparado no desequilíbrio manifesto, reflexo de algo oculto. Os dois lados da rua se equivalem, são iguais à luz do dia. Chegada a noite, porém, um deles, à direita de quem sobe, torna-se animado e bem-sucedido. O outro, seu duplo simétrico da esquerda, é vazio e inerte. A série de bares abertos no rastro do Café do Bixiga fica, toda ela, à direita. Resiste, funcionando desde sua abertura, ultrapassando o prazo do modismo das cafeterias e bares musicais. À esquerda, nada. Nenhum bar, casa noturna ou café em funcionamento, exceto, por algum tempo, o próprio Persona, originariamente do lado direito, bem ao lado, parede-meia do precursor Café do Bixiga, e que lá permaneceu até que Campadello, desafiando o destino da rua, resolvesse atravessá-la, transferindo-se para um prédio de três andares bem em frente, onde já haviam fracassado um bar cultural, uma galeria de arte e uma sauna. Recentemente, desistiu e fechou, deixando um tapume no lugar da porta, vencido, até ele, pela inflexível polaridade. O restante dos prédios e casarões vizinhos da calçada corresponde a uma série equivalente de insucessos. Sempre me chamou a atenção o sobradão logo no começo, esquina com a Rua Santo Antônio, com sacadas e gradis no andar de cima, palco de três ou quatro efêmeras tentativas de bar musical. Dizer que uma coisa dessas se explica pela ciência, por veios radioestésicos, pela água e outras propriedades do solo, por memórias gravadas na matéria da cidade, é apenas dar mais nomes ao mistério, tanto quanto invocar túmulos esquecidos, cenários de crimes, masmorras em subterrâneos.

A inauguração do então mais novo bar do bairro do Bixiga, o Persona, em janeiro de 1980, comemorou a nova década com uma noite de autógrafos em que era lançado o livro *Com as mãos sujas de sangue*, do jornalista Marcos Faerman. Eu era o prefaciador. O calor sufocante em companhia da multidão que apinhava os salões, corredores e catacumbas do Persona levou-me, a um dado momento da festa, a preferir o lado de fora. Na calçada, observava o movimento, conversava com outros convidados, transitava pela alegre fauna. Já deveriam ser dez da noite — a festa havia começado às oito —, e continuava a chegar gente.

Foi quando enxerguei dois vultos, duas moças que subiam a calçada do lado direito da Treze de Maio, em direção à porta do Persona. Pertenciam ao gênero de mulher que conserva algo de adolescente ou juvenil em seus traços, movimentos e modo de vestir-se. Uma delas, a da esquerda, era loira e magra. A outra, morena e pálida, vestida de branco, dona de olhos negros em um rosto bonito. Os matizes do branco e do pálido de seus adereços, roupas e pele contrastavam com o negror dos olhos e cabelos. Envolta em um tecido vaporoso, gaze ou tule, faixa com flores de pano no pulso e na testa, compunha algo entre o vestido e a fantasia campestre.

Não sei o que me impulsionou. Talvez as duas horas anteriores cumprimentando a quem chegava, amigos e conhecidos, me deixassem confuso e desmemoriado. Ou então, a íntima suspeita de que, não sabendo quem fossem, valia a pena conhecê-las. A exemplo do jogo de espelhos no subsolo do bar em frente, posso ter visto, sobreposto ao rosto de uma das moças, outro, de alguém a quem conhecia. Qualquer que fosse o motivo, assim que entraram em meu campo visual dirigi-me a elas, e cumprimentei a morena pálida dos adereços, beijando-a nas faces. Sucederam-se os olá, como vai, você por aqui, ambos sorridentes, com a naturalidade de quem já se havia encontrado assim muitas vezes. Com a mesma naturalidade, a morena ainda me apresentou sua amiga loira. Comentou que havia lido *Dias Circulares* e pretendia publicar suas próprias poesias. Por isso, queria mesmo ver-me, para mostrar esses inéditos. Passou-me seu telefone, e só então fiquei sabendo seu nome, Soninha, escrito no bilhete com o número.

Seus poemas em prosa me surpreenderam. Tinham imagens e frases que poderiam pertencer-me. Mas com um clima próprio, pois seu elemento era o ar, em sua simulação de sílfide vivendo no etéreo e diáfano do qual faziam parte trechos como este: *somente durante a vibração do éter sentiremos a cor azul e somente azul por dentro e por fora dela mesma.*

Acabamos, certa noite, escrevendo juntos um poema de frases sucedendo-se sem que um visse o que o outro fazia. É um dos jogos surrealistas, o *cadavre exquis*, cadáver delicado, em que a rapidez da criação no escuro, sem saber o que veio antes, dificulta a intervenção da razão. Como resultado, frases que se emendavam e aparentavam sentido.

Na terceira vez em que nos encontramos, entreguei-lhe a cópia datilografada do poema em parceria. Conversamos sobre acasos e coincidências, como as continuidades em nosso texto, e eu me haver dirigido a ela daquele modo na porta do Persona. Então, Soninha resolveu contar-me como me havia visto pela primeira vez, encontrando-me antes de eu conhecê-la.

Eu falava sobre o acaso objetivo e *O Amor Louco* de Breton, com sua narrativa de como um poema aparentemente sem sentido descreveu o encontro amoroso que iria ocorrer anos depois de ele ter sido escrito. De onde estávamos, a praia paulistana dos bares da Henrique Schaumann, viemos para minha casa. Junto com o livro de Breton, que peguei para emprestar-lhe, fui tirando outros surrealistas da estante, como o Paul Eluard de *Capitale de la Douleur*, Capital da Dor, poeta da minha predileção. Li em voz alta um de seus poemas:

> *Tua cabeleira de laranjas no vazio do mundo*
> *No vazio dos vitrais pesados de silêncio*
> *E de sombra onde minhas mãos nuas buscam todos os*
> *[teus reflexos.*
> *A forma do teu coração é quimérica*
> *E teu amor se assemelha a meu desejo perdido*
> *Ó suspiros de âmbar, sonhos, olhares.*
> *Mas tu não estiveste sempre comigo. Minha memória*
> *Ainda está obscurecida por tê-la visto chegar*
> *E partir. O tempo se serve das palavras como o amor.*

Poemas como esse de Eluard, embora vinculados ao surrealismo, já não eram mais escrita automática, resultado apenas do fluxo desenfreado da inspiração. Ele recolhia o material do inconsciente e o remontava, como matéria-prima dos belos poemas líricos que ia construindo. Escolhi *Capitale de la Douleur* pelo prazer da sua leitura em voz alta. Havia esquecido como, no memorável filme de Jean-Luc Godard, *Alphaville*, a leitura dos poemas de Eluard torna-se manifesto contra uma ditadura planetária que, em nome da racionalidade e do avanço científico, quer suprimir o amor. Também não me lembrava da passagem de *Nadja* de Breton onde é evocado o momento em que ambos, Breton e Eluard, haviam se encontrado e trocado palavras antes de se conhecerem, de um saber quem era o outro, e de se tornarem amigos e parceiros de poesia e surrealismo. Um encontro no saguão de um teatro aparentado aos encontros que Soninha, prefaciada pelos poemas de Eluard, ia relatar-me.

Alguns meses antes, havia acontecido outro espetáculo múltiplo, reunindo várias modalidades artísticas, na esteira da Feira de Poesia e Arte. Iniciativa do jornalista Paulo Klein e alguns comparsas, consistiu na ocupação de um teatro na turbulenta Rua Augusta por doze horas seguidas, da meia-noite de uma sexta-feira até o meio-dia do sábado, para a apresentação, em uma desordenada seqüência, de tudo o que os organizadores haviam juntado: grupos musicais, poetas, performers, artistas de variados naipes. Acompanhado por duas atrizes, consegui, na madrugada, sobrepor a leitura de um longo poema sobre os corpos aos berros da platéia enfurecida, exaltada até o frenesi pela apresentação do músico Alceu Valença e mais dois grupos de rock que me haviam precedido. Soninha fazia parte da multidão tresnoitada. Viera com um amigo; este a presenteou com um exemplar do meu livro, à venda no saguão do teatro.

Não a vi naquela noite. E não a vi alguns dias depois na praia do Guarujá, onde ela passava um fim de semana, convidada por uma amiga. Na bagagem, leitura de viagem, meu recém-adquirido livro. Guarujá é a típica concentração ensolarada nada compatível com o estilo noturno de Soninha. Domingo pela manhã, ela caminhava pela praia, de cabeça baixa, evitando o excesso de luz e de gente, acompanhando a amiga e hospedeira. Ao desprender o olhar da areia, viu-me a sua frente. Os detalhes do relato, dizendo a cor do meu calção (verde) e da sacola de praia (preta) não permitiam dúvidas sobre a veracidade do que me contava.

O livro que eu havia lançado na Feira de Poesia e Arte procurava representar a idéia de um tempo circular, poético, no lugar da irreversível sucessão. Ecos e ressonâncias do Romantismo, do Eterno Retorno de Nietzsche, do tempo não-histórico dos povos primitivos. Lembranças de alguma leitura de Borges, certamente das de Octavio Paz. O formato do livro era quadrado, aproximação do círculo, simetria possível no lugar do retângulo habitual. Começava e terminava com ensaios. No meio, na posição central, os poemas. Na capa, uma espécie de rodamoinho, um traçado em tonalidades do vermelho apontando para um círculo, versão estilizada da representação chinesa do Tao com suas duas faces, o Yin e o Yang; ao lado, outro círculo com uma fotografia do meu rosto. Essa foto de capa foi mostrada por Soninha a sua amiga, para que esta se convencesse de que realmente era comigo que, naquela manhã de praia, acabavam de cruzar.

Depois dessa ocasião marítima, a porta do Persona, a calçada à margem direita da Treze de Maio. Esses encontros compunham uma série de fatos plausíveis, nenhum deles estranho ao ser tomado isoladamente. Mas fora de seqüência em seu conjunto. Teria sido comum cumprimentá-la na Treze de Maio, desde que isso acontecesse depois, e não antes de nossos encontros e poemas em parceria. Eram acontecimentos que correspondiam às leituras que eu lhe passava, como se vivêssemos extensões dos livros, confundindo a ambos, texto e vida. Como uma porta a abrir-se, permitindo a passagem entre dois planos, o nosso, e o do escrito décadas antes: a narrativa dos encontros de André Breton com Nadja.

5

Em quantos comentários, ensaios e biografias já não vi essa cena, agora gravada na história do pensamento e da literatura do século XX?

Esta cena:

No fim da tarde de 4 de outubro de 1926, André Breton caminhava pela Rua Lafayette, no centro de Paris. Prosseguindo sem destino definido, a observar fisionomias e aparências dos passantes que enchiam as ruas àquela hora, despertou seu interesse uma mulher que caminhava no contrafluxo, na direção oposta à da multidão na calçada, de cabeça erguida, ostentando um sorriso quase imperceptível. Imediatamente, dirigiu-lhe a palavra.

Crítico da literatura realista e naturalista, Breton não gostava de descrições. Para ele, retratar a banalidade do cotidiano e as misérias da vida não levava a lugar algum. Escrever era explorar o desconhecido, arrancar máscaras que escondem outra realidade, mais poética, por isso mais verdadeira. Sua coerente aversão ao relato realista deixou-nos sem saber se aquela foi uma tarde de outono clara, ensolarada e ainda quente, ou escura, já cinzenta, recoberta de brumas anunciando chuva e frio. E pouco ficamos sabendo sobre a aparência da mulher a quem se dirigiu, além dos detalhes que mais chamaram sua atenção, os cabelos claros (cor de aveia, diz ele) e despenteados, rosto maquiado pela metade, vestida de um modo pobre e descuidado, acentuando seu aspecto frágil. Certamente, seu rosto era belo. Mas não o conhecemos, exceto pela fotografia publicada, na qual estão apenas os olhos. Foi isso o que mais o atraiu — seus olhos exageradamente sombreados, que exibiam, *ao mesmo tempo, uma obscura miséria e um luminoso orgulho*, levando-o a declarar: *Eu nunca havia visto olhos assim.*

Sentados em um café, Breton ouviu-a contar uma absurda história sobre seu último namorado, comentar a vida que levava, as dificuldades que enfrentava para sobreviver em Paris, e mencionar o aspecto altivo da multidão que, saindo do trabalho, desfilava diante deles. À pergunta sobre seu nome, respondeu que escolhera chamar-se Nadja, por ser esse, em russo, o começo da palavra esperança, e por ser apenas seu começo. Descreveu-se: *sou uma alma errante*. Ao se despedirem, disse a Breton que o via caminhar em direção a uma estrela: *Você não pode deixar de alcançar essa estrela*, insistiu. *Enquanto o ouvia falar, senti que nada o impedirá — nada, ninguém, nem mesmo eu... Você nunca poderá ver essa estrela como eu a vejo. Você não compreende: ela é como o coração de uma flor sem coração.*

O estranho de sua aparência e o enigmático da sua conversa bastaram para Breton querer voltar a vê-la. Marcaram para o dia seguinte. Breton trouxe consigo dois dos seus livros já publicados, o *Manifesto do Surrealismo* e *Les Pas Perdus*, Os passos perdidos. Gosto desta passagem. O ainda jovem poeta (com 30 anos, nascido em 1896), líder do surrealismo, notório provocador e agitador cultural, participante do movimento Dada no começo dos anos 20, apresenta-se através de seus livros. Identifica-se mostrando o que escreveu, inscrevendo aqueles encontros e suas situações inesperadas, seus diálogos fragmentários e poéticos, na continuação desses livros, como texto futuro. Pergunto-me apenas por que ele trouxe ao encontro seus dois livros de ensaio e não os poemas já publicados, a coletânea *Clair de Terre* e a revolucionária obra de escrita automática em parceria com Philippe Soupault, *Les Champs Magnétiques*, Os Campos Magnéticos. Talvez por suas tiragens reduzidas (*Clair de Terre* — acho belíssimo esse título, claridade ou clarão da terra —, hoje encontrável em edição de bolso, teve uma primeira edição de apenas 300 exemplares), não dispusesse de exemplares para presentear.

Nadja folheou *Les Pas Perdus* assim que o recebeu. Teve sua atenção atraída por um ensaio sobre Alfred Jarry. Leu e comentou trechos de um poema do criador da Patafísica e do Ubu. Um texto hermético, estranho para a sensibilidade da época, com imagens como *o púbis dos menires entre as moitas*. Amostra de uma poesia que ainda viria a ganhar cidadania literária, em boa parte por influência do surrealismo.

No dia seguinte, em seu terceiro encontro — nascido de um desencontro, já que, tendo marcado para as cinco horas, encontraram-se por acaso às quatro — Breton observou que Nadja havia cortado as dobras das páginas de outro trecho de *Les Pas Perdus*, na altura de uma breve crônica intitulada *L'Esprit Nouveau*, O Novo Espírito, sobre algo ocorrido anos antes, quando uma moça atraiu a atenção dele, Breton, de seu companheiro de surrealismo Louis Aragon e do pintor André Derain, na região de Saint-Germain-des-Près. Os três, separadamente, haviam passado por ela em diferentes lugares do bairro, enquanto vinham, cada um, ao encontro do outro. Adolescente ainda, de uma desconcertante beleza, olhos grandes, cara de esfinge, interrogava passantes com quem cruzava, detinha-se para perguntar-lhes qualquer coisa. Percorrendo novamente o bairro, Breton, Aragon e Derain não conseguiram achá-la para descobrir quem era, que perguntas fazia, que enigmas propunha.

A inserção desse texto em *Les Pas Perdus*, associando a figura e o que ela tinha de imprevisto ao "espírito novo", ao que ainda viria a acontecer, parece arbitrária — exceto como desencontro anunciando encontros futuros, com outras desconhecidas. Breton se admirou pelo modo como Nadja escolheu em primeiro lugar, de todas as passagens do livro, a que mais poderia ser entendida como antevendo-a.

Jamais saberemos se Nadja leu *Les Pas Perdus* inteiro, de ponta a ponta. Terá visto o primeiro de seus capítulos, um manifesto ou afirmação de princípios intitulado *La Confession Dédaigneuse*, A Confissão Desdenhosa?

Nele estão as famosas declarações em favor da disponibilidade e da receptividade:

Toda noite, deixava bem aberta a porta do meu quarto, na esperança de finalmente acordar ao lado de uma companheira que eu não tivesse escolhido.

E, insistindo na firme recusa a tornar-se escravo do tempo e deixar de recomeçar a vida a cada dia:

A rua, que eu acreditava capaz de entregar a minha vida seus surpreendentes desvios, a rua, com suas inquietações e seus olhares, era meu verdadeiro elemento: lá eu recebia, como em nenhum outro lugar, o vento do eventual.

Naquela tarde, em outubro de 1926, três anos depois de ter escrito essas frases, André Breton continuava a caminhar pelas ruas ao encontro de seus desvios, inquietações e olhares, ao sabor do mesmo vento. Ainda deixava escancarada sua porta. Trazida pelo vento do eventual, atraída pela disponibilidade, Nadja cruzou-a.

Lendo *Les Pas Perdus* até o final, Nadja encontraria — terá encontrado? nunca o saberemos — outro capítulo revelador, *L'Entrée des Médiuns*, A Entrada dos Médiuns, sobre o desencadear-se, nas palavras de Breton, de *uma conspiração de forças absurdas*. É o relato das experiências dos integrantes do surrealismo ainda em formação com o "sono hipnótico" no final de 1922. A idéia de imitar sessões espíritas, mas rejeitando a hipótese da comunicação com os mortos, foi de René Crevel. Nesse trecho de *Les Pas Perdus* é transcrito um diálogo entre Robert Desnos, em transe, e André Breton. As respostas de Desnos, ou do que se expressava através dele, foram por escrito. Em uma delas, diz ver Breton no círculo do Equador, em uma viagem causada por Nazimova. As perguntas seguintes, sobre quem seria Nazimova, pressupunham tratar-se de uma mulher (na época havia uma atriz de cinema com esse nome) e receberam respostas vagas, inconclusivas. Dos registros daquelas sessões, este chama a atenção. Não havia como, em uma experiência de 1922, publicada logo em seguida na revista *Littérature* e republicada no livro de 1924, antever a ascensão do nazismo na década seguinte e as conseqüências de uma nova guerra mundial. Entre outras, a viagem transoceânica de Breton na condição de refugiado, em 1940, primeiro à Martinica e depois aos Estados Unidos.

Dos presentes a essa sessão profética, quem acabou vítima do nazismo foi o próprio Desnos, autor de um livro de transfiguração da cidade em espaço mágico, *Liberté ou L'Amour*. Militante da resistência francesa, Desnos morreu em um campo de concentração no final da guerra, deixando um comovente poema em que reescreve outro texto, de quando fazia parte do grupo surrealista:

Sonhei tanto, mas tanto com você,
Caminhei tanto, falei tanto,
Amei tanto sua sombra,
Que não me restou mais nada de você.
Resta-me apenas ser a sombra entre as sombras
Ser cem vezes mais sombra que a sombra
Ser a sombra que chegará e retornará
em tua vida ensolarada.

As experiências dos surrealistas com o sono hipnótico prosseguiram por alguns meses, de agosto de 1922 até o início de 1923. Foram interrompidas por sua excessiva proximidade com a loucura. Incluíram situações constrangedoras, como a insistência de Crevel no suicídio coletivo (ele viria efetivamente a suicidar-se em 1935). Robert Desnos ainda as continuou por conta própria.

Nunca vi, em qualquer estudo sobre o assunto, a seguinte pergunta: por que, de todo o material disponível sobre sono hipnótico e estados de aparente mediunidade, resultado de meses de reuniões, Breton escolheu esse trecho para a publicação em *Les Pas Perdus*? Qual critério o levou à seleção do diálogo sobre Nazimova, profecia impossível de ser avaliada ou considerada mais que devaneio? Talvez a escolha do trecho fosse provocada pela admiração de Breton por Desnos e sua capacidade mediúnica. Mesmo desinteressado do sono hipnótico, não duvidava de seus transes. Comentou, mais tarde, que, de todos os encontros previstos por ele, *não há um ao qual eu sinta ainda a coragem de faltar*.

No entanto, houve uma dupla premonição. Primeiro de Desnos adormecido, em transe, antevendo tragédias que levariam quase duas décadas para acontecer. Depois de Breton desperto, consciente, selecionando o trecho para figurar em *L'Entrée des Mediums*. O profético da experiência se realiza por sua conversão em texto e publicação.

Não são poucas as sincronias na história da literatura. Escritores geograficamente distantes algumas vezes voltaram-se para a mesma direção, cada um desconhecendo o que o outro fazia. Breton e seus companheiros não foram os únicos a iniciar experiências através de arremedos de sessões mediúnicas, interrogando as profundezas do inconsciente ou a amplidão de outros mundos. O mesmo procedimento vinha sendo aplicado em Londres pelo poeta irlandês William Butler Yeats, por um período mais prolongado, sem saber o que se passava em Paris. As sessões dos surrealistas aconteceram no final de 1922. As de Yeats duraram de 1917 a 1925 e resultaram em um livro, *A Vision*, Uma Visão, compilação do que a mulher com quem acabara de casar-se, Georgiana Hyde-Lees, ia anotando em transe. Yeats denominou a esse procedimento de "escrita automática", o mesmo nome dado pelos surrealistas a uma experiência de natureza e propósitos distintos. Mais velho que Breton (nasceu em 1865), Yeats era um tradicionalista, talvez um poeta do século XIX invadindo o século XX. *A Vision* é uma sistematização do que o próprio Yeats vinha formulando, em poemas e ensaios baseados em seus estudos do esoterismo, a respeito dos tipos de pessoas e da personalidade humana. O transe de sua mulher possibilitou que fosse escrito um livro dele, de Yeats, por meio de outra pessoa. Episódio mais estranho ainda pelo modo como o mesmo procedimento trouxe resultados tão diferentes. Na Londres do pós-guerra, uma organização e esclarecimento de idéias resultando em um compacto texto expositivo. Na Paris da mesma época, um turbilhão de fragmentos.

Terá alguma vez chegado às mãos de Nadja o relato do qual é protagonista, ao lado dos manifestos do surrealismo a obra mais célebre de Breton? Teve ela a oportunidade de ler *Nadja*? Tampouco o sabemos. Lendo-o, encontraria, logo na abertura, a passagem citada em tantos estudos sobre Breton e o surrealismo, sua resposta à pergunta *quem sou eu?*, frase inicial do livro, dizendo ser um fantasma, seguida de uma nova pergunta: *a quem assombro?* — essas duas perguntas iniciais tendo como resposta outra indagação, no final do livro: *quem vem aí?* Prosseguindo, leria os relatos dos acasos que antecederam o encontro de ambos na rua Lafayette. Acasos dos quais Nadja poderia ter sido participante, que talvez só precisassem dela como catalisador para se completarem. Entre outros, o modo como Paul Eluard dirigiu a palavra a Breton no saguão de um teatro, em um intervalo da estréia de *Couleur du Temps*, Cor do Tempo, de Apollinaire, antes de se apresentarem, iniciando sua amizade e parceria literária: além de assinarem juntos tantos manifestos e panfletos do surrealismo, escreveram um livro em co-autoria, *L'Imaculée Conception*, A Imaculada Concepção, simulando estados de loucura.

Outro acontecimento relatado nos capítulos iniciais de Nadja é a busca de lojas que vendiam carvão de lenha, *bois-charbon*, par de palavras que fecham, símbolo da destruição ou da consumação, isoladas e emolduradas na última página como um letreiro de cartaz, o livro de escrita automática de Breton e Philippe Soupault, *Les Champs Magnétiques*: seus dois autores mais tarde perambulando pela cidade, atingindo o nível de alucinação que lhes permitia dizer antecipadamente, como se atraídos por um magnetismo do carvão, em qual trecho de rua logo apareceria a loja ostentando o esperado letreiro, *bois-charbon*.

Nadja é o relato de uma sucessão de estranhas experiências em que o mágico e o maravilhoso entravam pelas portas abertas do espírito. Ela adivinhava que seus encontros e diálogos eram anotações de criptogramas, passagens do livro futuro. Comentou, no sexto dia de seus encontros: *André? André?... Você escreverá um romance sobre mim. Eu o garanto. Não negue. Preste atenção: tudo se esvai, tudo desaparece. É preciso que permaneça algo de nós...*

Ao dizer isso, Nadja já sabia que nesse livro estaria a terceira das noites de seus encontros, a mais impressionante, pelo modo como nela se confundiram magia e loucura. A noite em que foram parar na Praça Dauphine, a praça chamada por Breton de um dos piores terrenos abandonados de Paris. Acho injusto o modo como Breton apostrofa essa bela praça triangular de plátanos e antigas fachadas assemelhadas, diante do Palácio da Justiça, em uma ilha do Sena, a Cité, lugar de fundação da cidade, da Catedral de Notre-Dame e outras edificações históricas. Mais tarde, na década de 40, em um artigo intitulado *Pont-Neuf* (a ponte logo a seguir, unindo a Cité às margens do Sena), tratou melhor a Praça Dauphine. Reconheceu que a lassidão e imobilidade que o atacavam eram um sentimento de abandono ao ser possuído pelo significado do lugar hoje tranqüilo, onde, por volta de 1300, foram queimados vivos os cavaleiros da Ordem dos Templários, acusados de magia e satanismo. Seu formato triangular, na ponta da ilha, quase proa de um barco descendo o Sena, o levou a chamá-la de "sexo de Paris".

Breton e Nadja foram parar na Praça Dauphine conduzidos por um de seus textos que ela havia acabado de ler, *Poisson Soluble*, Peixe Solúvel. Uma das cenas passa-se nessa praça, e é mencionado um hotel que lá existia, o City Hotel, onde Breton havia morado. Ou melhor, não — pretendiam ir até a ilha do Sena adjacente, a Île Saint-Louis, igualmente mencionada no *Poisson Soluble*, e ficaram no caminho, pararam na Place Dauphine. *Poisson Soluble* é um exercício ou experimentação de escrita automática, publicado como apêndice do *Manifesto do Surrealismo*. Para mim, um dos textos de leitura mais difícil de Breton, pesado, descontínuo, com um uso abusivo de topônimos, referências geográficas. Quem sabe, escrito para servir de sinal, indicador do roteiro de Breton e Nadja rumo ao que os aguardava.

Ao chegarem à praça e se instalarem em um café, inicia-se a noite

Seu formato triangular, na ponta da ilha, quase proa de um barco descendo o Sena, o levou a chamá-la de "sexo de Paris".

marcada pela tensão no ar, por qualquer coisa de mal-assombrado, Nadja a ver fantasmas, mortos em multidão circulando pela vizinhança enquanto um bêbado os cobre de impropérios, e a enxergar o vento, *o vento e o azul, o vento azul*, diz ela, o rumor do vento transformado em vozes igualmente anunciando a morte. Logo em seguida, aponta para a janela de uma das casas da praça, janela negra na escuridão, afirmando que em um minuto essa janela iria iluminar-se e sua cor seria vermelha — em um minuto, a luz do quarto da janela acendeu-se, exibindo suas cortinas vermelhas. Noite de rememoração de acontecimentos perdidos no tempo, cenas de outros séculos de que ambos teriam participado: alucinada, Nadja agarra-se à grade diante do Palácio da Justiça e insiste em que já havia estado lá, e que dali sai um túnel secreto que se comunica com outro palácio. Segundo Henri Béhar, biógrafo de Breton, escavações arqueológicas realizadas em 1963 revelaram que esse túnel de fato existe.

Prosseguindo a caminhada, Nadja enxergou uma mão em chamas navegando, pairando no Sena. A noite culmina com a chegada deles ao Jardim das Tuileries, onde param diante de um chafariz. Nadja observa que suas águas, elevando-se, separando-se em dois jorros, desfazendo-se ao cair, retornando com a mesma força, e assim indefinidamente, simbolizam os pensamentos de ambos. Breton espanta-se com esse comentário. Nadja citava, sem saber, um trecho do livro que ele estava lendo naqueles dias, uma vinheta da edição de 1750 do terceiro dos *Três Diálogos entre Hilas e Filônio* de Berkeley, o filósofo idealista irlandês, com a seguinte legenda: *Urget aquas vis sursum eadem flectit que deorsum*, ilustrada por um chafariz idêntico ao das Tuileries, conforme as reproduções que Breton juntou a seu livro. Em *Nadja*, a frase é citada sem a tradução, que seria, aproximadamente: *A força impele as águas para o alto e ao mesmo tempo move a superfície*. Um resumo, diz Breton, do que Nadja comentava sobre o significado do chafariz à frente deles.

Essa série de alucinações, rememorações e profecias transforma a noite da Place Dauphine em episódio capital. Suas janelas acesas, túneis, visões da mão, chafariz, ventos, compõem um discurso delirante feito de analogias e associações, semelhante ao suceder-se das imagens no sonho. É como se a cidade estivesse viva e animada, provocada e despertada pelo casal sem rumo que a explorava, e resolvesse falar, respondendo-lhes através de seus signos.

Na citação de Berkeley por Breton, a propósito do chafariz em seu caminho, há um estranho empréstimo de símbolos alheios. É como se outros escritores, ausentes e distantes, se intrometessem, querendo opinar sobre o sentido do que estava ocorrendo. Ou como se idéias estivessem à solta, circulando, procurando em quem se encostar, a quem assombrar para serem expressadas. Breton prossegue seu relato da noite, que termina com Nadja saindo do transe visionário e despedindo-se. Não volta a comentar o chafariz, a legenda da vinheta e Berkeley. Mas, enquanto Breton acompanhava Nadja para interpretar chafarizes e enxergar mãos em chamas sobre o Sena, a leitura de Berkeley e a reflexão sobre o idealismo mostravam-se marcantes e decisivas para um contemporâneo seu, dois anos mais moço: Jorge Luis Borges. Foi quando este se tornou, para usar suas palavras, *um argentino extraviado na metafísica*, autor de ensaios e contos de cunho idealista. No ensaio *Nova Refutação do Tempo* — declarada radicalização do pensamento de Berkeley, para quem o mundo material existe na percepção, na mente de quem a percebe, e não em uma realidade exterior — Borges menciona a época, essa época, em que começou a pressentir *uma refutação do tempo, em que eu mesmo não acredito, mas que tem por hábito visitar-me pelas noites ou durante o crepúsculo, já cansado, com a força ilusória de um axioma.* O enunciado do ilusório axioma é o seguinte: se não é possível fazer afirmações sobre uma matéria independente dos sentidos, também não se pode dizer que o espaço existe; o passo seguinte é a negação do tempo, da sucessão, da contemporaneidade. *Nego*, diz Borges, *com argumentos tirados da tese idealista, a vasta série temporal que o idealismo admite.* Não passamos, insiste, de prisioneiros do *movediço mundo da mente: Um mundo feito de tempo, do absoluto tempo universal... um labirinto infatigável, um caos, um sonho.* O chafariz das Tuileries poderia servir como ilustração, não só de Berkeley, quanto de Borges e sua insistência na circularidade do tempo.

Prisioneiros de um movediço mundo da mente, de um caos, um labirinto infatigável, um sonho... Imagens como essas também descreveriam o que sentiu Breton naquela madrugada, ao fim do trajeto errante que o levou ao chafariz, poderoso símbolo de que não há saída, de que todo movimento refaz seu curso e retorna à origem. Exausto depois das visões e símbolos encontrados entre a Praça Dauphine e as

Urget aquas vis sursum eadem, flectit que deorsum.

TROISIÉME DIALOGUE

HILONOUS. Hé bien, *Hyla*
quels ſont les fruits de vos m
ditations d'hier? vous ont-

... ao chafariz, poderoso símbolo de que não há saída, de que todo movimento refaz seu curso e retorna a origem.

Tuileries, decidiu só voltar a ver Nadja dentro de dois dias — para, no dia seguinte, dar com ela por acaso no meio da tarde. Imagino suas impressões: algo como ser prisioneiro de uma trama, sem escapatória da condição de personagem do texto que ainda viria a escrever.

Uns três dias depois, lá pelo sexto dos seus encontros, acomodaram-se em outro restaurante cujo garçom, inexplicavelmente desastrado, quebrava pratos a cada vez que se aproximava deles. Depois de onze pratos quebrados, novamente saíram noite afora em busca da mão de fogo, desta vez encontrada sob forma de ilustração de um cartaz de rua. A mão é um tema recorrente em Breton, freqüente em sua obra: mão da quiromancia, mapa da vida e dos signos planetários, imagem do pentagrama. Nadja devolvia-lhe seus próprios signos. Mostrava-lhe imagens dele, de seus poemas e ensaios — assim como, na mesma época, Georgiana, a mulher de Yeats, espelhava, em sua escrita mediúnica, idéias do poeta irlandês sobre a relação entre personalidades humanas e a ordem cósmica.

Por mais alguns dias, Breton e Nadja avançaram pelas etapas da perseguição sem destino. Foram idas e vindas à noite, como a viagem a Saint-Germain de L'Haie, partindo de uma estação de trem onde todos os olhavam e observavam, para chegar a outra estação onde pessoas jogavam beijos para Nadja. É uma série de visões, trechos de conversas, objetos encontrados, textos, desenhos, cada vez mais desenhos, os esboços a traço e colagens feitos por ela, tudo isso engrossando a torrente de símbolos: mãos negras e vermelhas, serpentes, máscaras, estrelas, cometas, flores, sereias, esfinges, duendes, o Diabo, torres e subterrâneos de castelos, lâmpadas, amuletos, as chamas de uma fogueira, as cores do ar — levando Breton a vê-los, *nos breves intervalos que nos deixava nosso maravilhoso estupor*, como cúmplices a contemplar *os escombros fumegantes do velho pensar e da sempiterna vida*. E a perguntar-se: *em qual latitude poderíamos ficar sossegados, entregues desse modo ao furor dos símbolos, possuídos pelo demônio da analogia*?

Passados oito dias desses encontros, tiveram uma dolorosa cena de separação. Ainda houve ocasiões, que Breton não relata, em que voltaram a ver-se. Seus encontros só voltam a ser narrados bem no final do livro, em uma nota de rodapé exemplificando a fidelidade dela a um princípio de subversão absoluta, relatando a seguinte cena: Breton dirigindo um automóvel, Nadja beijando-o e tapando seus olhos enquanto pisa com toda força em seu pé, premendo-o sobre o acelerador.

Alguns meses depois, a notícia de que Nadja, em pleno delírio, havia sido internada — ocasião para Breton escrever o irado manifesto das passagens finais do livro contra psiquiatras e manicômios, afirmando que, se fosse internado, mataria alguém, de preferência um de seus médicos, para que o deixassem em paz, confinado no isolamento.

A companhia de Nadja pareceu a Breton uma prova da realidade do surrealismo. Não só a comprovação da idéia do inconsciente como fonte de imagens, mas também dessas imagens serem mágicas, interferindo no presente, prevendo o futuro. Trafegaram por um território crepuscular onde realidade e sonho se confundem, impelidos pela energia resultante da fricção entre dois planos, o de um mundo sólido, estável, e outro volátil, da imaginação desencadeada. Dessa energia resultaram símbolos povoando a aura do delírio. Talvez cifras fundamentais para a compreensão da vida. Sua caminhada os levou à beira de um abismo que só poderia ser transposto pelo amor. Mas não a amava, apenas sentia-se atraído por sua beleza frágil, e fascinado por sua condição de "espírito livre", anárquica visionária. O final de *Nadja* aponta para o vazio aberto por uma dúvida — *talvez eu não estivesse à altura do que ela me propunha* — seguida por mais uma interrogação: *mas, afinal, o que ela me propunha?*

Em seus trechos finais, Breton percebe que está a escrever um livro inconcluso, tanto quanto ficou incompleta sua relação com Nadja. Uma obra que se transforma durante o intervalo *que separa essas últimas linhas daquelas que, folheando o livro, pareceriam encerrá-lo duas páginas atrás*. O texto, análogo ao rio de Heráclito, ao chafariz das Tuileries, muda ao ser escrito, assim como a vida não pára de mudar. E assim como a cidade nunca é a mesma. Pouco depois dos acontecimentos que Breton acabava de relatar, seus cenários já se modificaram. O teatro onde assistiu a uma peça especialmente insólita agora está fechado, em reformas. A estátua de Étienne Dolet na Praça Maubert, que lhe provocava mal-estar, cercada de tapumes, em restauração. A cidade, organismo mutante, vivo: *Não serei eu quem meditará sobre aquilo que acontece com a "forma de uma cidade", mesmo da verdadeira cidade afastada e abstraída daquela em que habito pela força de um elemento que seria, para meu pensamento, o que o ar representa para minha vida. Sem lamentá-lo, agora a vejo tornar-se outra e até mesmo fugir. Ela desliza, arde, sossobra no frêmito de relvas loucas de suas barricadas, no sonho das cortinas de seus quartos, onde um homem e uma mulher continuarão indiferentes a se amar.*

Se a cidade não pára de transformar-se, o que permanece? O signo gravado e o movimento perpétuo nele registrado. Nas passagens finais do livro, os acontecimentos nele relatados passam a ter o sentido da predição: *sem o fazer de propósito*, diz ele, dirigindo-se a uma nova companheira, *você se substituiu às formas que me eram mais familiares, assim como a muitas figuras do meu pressentimento*. O amor, metáfora do belo, de uma beleza especial, feita de sobressaltos, animada pela força que anima *o coração humano, belo como um sismógrafo*. Breton encerra o livro proclamando que *a beleza será CONVULSIVA, ou então não será.*

Nadja é a obra incompleta que pede continuação. A história de um encontro que anuncia novos encontros. A mão em chamas vista nos cartazes de rua de Paris, apontada para as respostas a sua pergunta, *Quem vem aí?*, para um livro futuro sobre o acaso objetivo, a beleza convulsiva, o amor louco.

6

Tânia mergulhava. Não como alguém que praticasse um esporte ou lazer de fim de semana, mas como experiência particular e indivisível. Exploradora das águas de cada reentrância, cada superfície menos agitada do recorte de espuma, pedras e areia de um trecho mais escondido e ainda recoberto de verde de litoral no Guarujá, as centenas de metros, talvez dois ou três quilômetros de costões, enseadas e pequenas praias que perfazem a distância entre a Praia do Pernambuco e a Ponta das Tartarugas, não muito longe da ampla casa térrea com um pátio de redes estendidas, úmido poço de vegetação onde ficava em seus dias marítimos, Tânia viajava na difusa paisagem entrevista pelo vidro de sua máscara de mergulho, a distinguir formas distorcidas por trás das cortinas abertas a cada braçada e a reconhecer cores reduzidas a tonalidades de sombra, enquanto experimentava a substituição de todas as sensações corpóreas por gradações do frio.

Tenho certeza de que ela teria preferido abandonar de vez a nitidez da geometria terrestre em favor daquele mundo indiferenciado. Acho que Tânia buscava a anulação da realidade. A supressão da linguagem, nada em seu lugar a não ser o compassado movimento de ondas e correntezas que balançavam tapetes de algas. A eliminação do peso e da gravidade para ganhar em troca a consciência aquática de ser outra, passando a uma nova espécie de organismo, desenvolvida em seus exercícios na arte de ir cada vez mais longe e mais fundo. Vejo-a agora como nunca a vi antes: embaixo d'água, habitante do verde e do translúcido, avançando, indo além, adiante, e a cada metro conquistado em sua viagem descendente, nas precárias descidas apenas com a máscara que a obrigava a prender o ar nos pulmões, resistindo até chegar a deslizar pelos nacarados corredores de um labirinto só por ela visto em sonhos, o encontro com seu imaginário, mergulho ao interior do próprio mergulho.

Em sua vida submarina, nunca a acompanhei. Nossos encontros na praia foram noturnos. Certa vez, a escuridão só permitia adivinhar as ondulações da Praia do Pernambuco, substituindo estáticas as ondas do verdadeiro mar a nosso lado, muito mais audíveis que visíveis. Sua areia úmida e grossa, quase pedra, continuou grudada a nossos corpos, à extensão de nossas peles, resistiu a uma inútil entrada nas agitadas formas do grave rumor daquele mar sombrio, e nos acompanhou até a última das barracas ainda abertas logo adiante, na Praia do Perequê. Tomando as inevitáveis batidas de limão da madrugada acompanhadas de camarões, os cabelos e rostos tatuados pelos grãos de areia, nós nos olhávamos e víamos, agregada a nossa aparência humana, uma viscosidade de animais disformes das profundezas.

As incursões de Tânia pelo litoral deram a sua pele uma cor demasiado morena em contraste com seus olhos claros, tornando-a mais estranha ainda. Ao caminhar pela cidade, também mergulhava, exploradora de um espaço de múltiplas dimensões, tantas quantos os roteiros para perder-se por São Paulo. Tínhamos encontros imprevistos, quando acabávamos fazendo que noites confluíssem em manhãs crepusculares de penumbra dourada feita de luz filtrada através de uma persiana baixada, no quarto onde jazíamos sobre uma geometria harmoniosa de travesseiros náufragos a flutuarem nos lençóis amassados, quando o tempo se convertia em horas multiplicadas pelo mesmo gesto de acariciar-se. Éramos amantes embebidos em uma névoa familiar, submersos na aura de cheiros do corpo, confuso novelo de vozes, memórias e carícias que aos poucos, ao desatar-se, transforma-se em um texto que celebra os encontros que se completam assim, na penumbra, na claridade dourada da persiana baixa, que começa a receber o sol da manhã.

Pelos meses seguintes, enquanto caminhava ao longo da mais extensa daquelas praias do Guarujá, ocorria-me uma frase: *ainda não conseguiram destruir o mar*. Sabia que essa frase, a repetir-se em minha mente, poderia ser o começo de um poema, algo que eu estava devendo àquela praia e à extensão de todas as outras praias, a suas tardes de vento fresco interrompendo um calor de fim de tarde de novembro a preceder o verão, tão límpidas e luminosas que podiam ser igualmente tardes de maio, à confusão de cores e contornos na linha do horizonte — e também aos encontros inesperados e suas noites, madrugadas convertidas em crepúsculos de persiana baixa e sombra dourada ao sol da manhã.

Ainda não conseguiram destruir o mar — simples constatação, mas o *ainda não* do começo do poema a ser escrito apontava para o provisório, o precário até mesmo na aparente eternidade de um suceder-se regular de ondas entre a arrebentação e a praia, na faixa de espuma que já permitia ver manchas mais escuras de água envenenada a crescerem na mesma proporção do avanço de edificações do outro lado da linha de areia. Ainda não, não tão já, por enquanto sim — mas por quanto tempo? Pergunta transformada em insistente refrão, mote à espera da seqüência que eu não escreveria enquanto não me sentisse capaz de ir além de um discurso ambientalista, feito de não muito mais que denúncias da ocupação devastadora do litoral pela especulação imobiliária.

Até o dia em que, embriagado de calor e claridade da manhã passada na praia, a despertar-me o entusiasmo ao continuar a circular em mim como uma forte bebida sorvida em longos tragos, eu me animei a desenvolver o tema do que ainda era nosso, do que estava aí, e por enquanto não nos havia sido subtraído. Bastaram mais três frases sobre o mar, a quem ainda não haviam sido capazes de destruir, *pois não foram capazes de estrangulá-lo com fios elétricos e rodovias/ nem de o retalhar com cercas/ ou de lotear as manchas de seu dorso*, para que se abrisse a paisagem simbólica em toda a sua extensão, e eu passasse a descrevê-la, escrevendo sobre o mar e também sobre o permanente e o precário, os labirintos de água e os labirintos de ruas, nossos encontros símbolos da liberdade, do mergulho em outro oceano ainda mais extenso feito de todos os encontros amorosos: *o mar ainda existe/ presente na consciência dos amantes/ nas madrugadas de suor cúmplice estampado nos lençóis*. Sim, presente em nossas consciências, sabíamos muito bem disso, que carregávamos algo de mar onde quer que fôssemos, algo de nossos encontros sobre uma pedregosa e pegajosa areia acrescentado às madrugadas de suor cúmplice que nos reduziam a arquipélagos de superfícies do corpo e sensações da pele, impregnados da umidade que só o amor é capaz de criar, com sua aura de suor, perfumes, hálito, secreções e mistério que nos acompanhava e nos dava a sensação de existir, certeza de estarmos vivos à luz da persiana baixa feita para iluminar os corpos dos amantes.

Agora sim. Agora sentia-me preparado, pronto para despejar frases que, sucedendo-se com rapidez, permaneceram quase iguais, no texto publicado alguns meses depois, ao que anotava em meu caderno, descrevendo a exploração de paragens onde encontrava *refúgios mornos/ cavernas do primitivo sonho/ útero de filamentos luminosos*. O território dos que sabem o quanto, *para podermos ver o mar, é preciso nos desnudarmos totalmente/ e sabermos nos reconhecer/ pelo toque da pele/ como algo que termina e recomeça/ dois poemas entrelaçados/ mordendo-se como a serpente mítica.*

Ao passar esse trecho a limpo, dois ou três dias depois, reparei no deslocamento, algo que acontece quando se escreve rapidamente, por associações livres: não deveria haver dois poemas entrelaçados que se mordiam, porém dois corpos. Mas deixei a imagem como estava, deslocada, achando que ganhava com a analogia entre poemas e corpos, palavras e gestos, o poético e o erótico. A serpente mítica do poema não seria apenas, penso, o Oroboros que morde a própria cauda, figuração do Cosmos e do mito da origem, porém as duas serpentes mercuriais enlaçadas ao redor da taça, símbolos de um conhecimento hermético que passava a ser igualmente um conhecimento erótico.

Ao escrever eu voava, flutuava, submergia e avançava pelo mundo das analogias e correspondências, a entrever um mar com suas *gavetas de cristal/ seus andaimes de prata/ sua borbulhante conspiração de gelatinas/ sua sofreguidão de novelos agitados/ seus túneis de trilhos descendentes/ sua nudez flamejante*. Viagem ao *tempo de redes desfazendo-se na areia*, de *barcos mergulhados na definitiva espera*, marcado por *seus poços artesianos de sal/ seu recheio de quadros abstratos/ suas cornucópias de desejos obscuros/ seus punhais envoltos em sargaços/ suas torres de castelos de beleza pura/ suas largas avenidas batidas pelo vento/ seu arco-íris dançando o balé do amanhecer/ suas mãos de dedos transparentes a perder de vista.* À minha frente, *o guardião dos nomes dos suicidas/ que vagam pelas ruas de cidades submersas/ labirinto de lembranças/ labirinto de luzes e de sombras vivas/ ondas fazendo valer seu interminável instante de rugidos/ entrechocando-se com o furor dos metais nas batalhas de Paolo Ucello/* (aqui me lembrei em um relance do quadro, das coloridas legiões de um exército renascentista, e também de um poema em prosa de Antonin Artaud, de *L'Ombilic des Limbes*, que homenageava o pintor italiano) *selva de ruídos/ selva de ausências.*

Retornei do fundo. Voltei à superfície, à hora da praia, *pura realidade de silhuetas/ lábio de vagina úmida dos continentes/ dorso de gato angorá roçando a terra firme/ clamor de corais/ ecoando por campos submarinos/ afugentando as águas-vivas/ que chegam à praia como bandeiras de nações febris.*

Respirei como se repusesse ar nos pulmões, depois de ficar, por uma hora ou mais, submerso em imagens. O sol do meio da tarde já entrava pela janela do quarto onde escrevia. Havia interrompido o poema, mas sabia que não o havia terminado, que estava apenas em uma pausa de um texto que pedia seqüência. Achei que a continuação merecia ser escrita ao ar livre, na praia, junto a meu tema, como se dialogasse com o mar. Desci, levando papel e caneta.

Eu estava a um quarteirão da praia, em um trecho central do Guarujá, um prédio de esquina em frente a um hotel, perto de bares, restaurantes, lojas e um clube, o Clube da Orla, construído entre a rua e a areia, onde havia palmeiras, cadeiras e mesas em volta da piscina. Era então um lugar pouco freqüentado, vazio em certas horas. Gostava de ficar lá ao sol, mas sem a multidão da praia. Caminhei na direção do clube, mesmo sem a certeza, ainda, que esse fosse o local onde continuaria a escrever. Na esquina da rua da praia, das palmeiras e do clube, o inesperado encontro: à minha frente, Augusto Peixoto.

Não o encontrava há um bom tempo, creio que desde sua exposição do rescaldo da Feira de Poesia e Arte no Clubinho da Rua Bento Freitas. Continuava em seus trajes típicos, calça branca e bata negra de seda ou algum outro tecido leve, decorada com traços brancos da mesma família dos de seus telões, bem folgada, a tremular sob a brisa marítima. Nada nele combinava com o mundo litorâneo, agitação de ciclistas e bermudas ao sol da tarde do final de primavera que anunciava as férias de verão. Ser urbano e noturno, Augusto representava algo bem distante da exaltação cósmica e oceânica em que eu me encontrava. Explicou-me que viera resolver um negócio no litoral, questão de dinheiro, e ver um amigo, o dono de um bar que dava para a praia, logo adiante. Levou-me para conhecer esse dono de bar. Tomamos um café.

Encontrar Augusto, repentina intromissão em meu passeio e meu texto, surpreendeu-me, mas não chegou a desagradar-me. Não sentia essa urgência toda em terminar o poema, e o imprevisto da sua aparição litorânea merecia atenção. Se quisesse, podia tê-lo dispensado alegando algo para fazer, dando meia-volta e fugindo na direção oposta. Mas preferi convidá-lo para vir ao Clube da Orla, onde nos instalamos junto a uma das mesas ao redor da piscina, dando vista para a praia e o mar. Augusto estava, aquela tarde, com vontade de rememorar, apresentar um relatório fragmentário composto de trechos de um balanço das duas décadas precedentes. Conversamos sobre pessoas a quem eu não via, ou de quem não tinha notícias há tempos. Mensageiro do distante e do remoto, contou-me do rapaz que nos freqüentava nos anos 60, e que, depois de conseguir estabelecer-se na França como artista plástico, agora percorria o mundo a bordo de um iate. Do pintor uruguaio que retornara a sua terra e se instalara em Punta del Este. De um sinistro personagem que se destruíra com imensas doses de drogas. De alguém que escrevia e se encontrava em pleno paroxismo de criatividade. Subentendida nessa conversa, em suas entrelinhas e subtexto, nossa condição de sobreviventes, uma espécie de cumplicidade por termos nos safado de uma variedade de aventuras e situações arriscadas. Pensei sobre o quanto isso valia para Augusto, lembrando-me da coleção de trancas e fechaduras de sua porta.

Passada uma hora, não mais que isso, Augusto levantou-se e despediu-se, pois precisava retornar a São Paulo. Deixou-me com meu caderno e caneta, e uma sensação de que aquela conversa fazia parte do poema ainda pela metade, por mais que ambos, o texto já escrito e o que havíamos falado, diferissem no tema, ritmo e linguagem.

Abri um parêntese e recomecei, relatando o encontro e a conversa, em um verso mais longo, uma prosa quase crônica. Dispensei detalhes, nomes de lugares e personagens. Augusto tornou-se um *velho e inesperado amigo*, carregando consigo *sua roupagem indiana de seda negra*. Transformei a beira de piscina com mesas e cadeiras do Clube da Orla em *lugar tranqüilo* onde nos sentamos para conversar entre palmeiras e uma brisa fresca, junto a *uma mesa de bar, eterna como todas as mesas de bar*, no sentido de que poderíamos ter tido a mesma conversa instalados na Praça Dom José Gaspar ou em algum dos cafés do Bixiga. Porém, aquela tarde, *próximos demais da areia para que não sejamos rigorosamente verdadeiros*.

Multipliquei os três ou quatro amigos ou conhecidos que havíamos mencionado. Tornei-os legião a transbordar da conversa: *e há também os que se mataram, os que foram mortos, que se afugentaram de si mesmos e ingressaram na definitiva condição de fantasmas, os navegantes para todo o sempre*.

Também transformei Augusto em fantasma, aparição a dissipar-se e desaparecer em vez de sair caminhando, acompanhado por mim, até a porta do clube e a rua: *o amigo despede-se e parte, mergulha para dentro do calor de fim de tarde de um verão precoce, atravessa a barreira de uma cerca viva de folhagens, dissolve-se nessa névoa úmida que sempre se forma em dias assim/ arrasta consigo esse feixe de biografias entrelaçadas/ e deixa a questão do que fazer com tudo isso*.

Daí em diante, essa foi minha tarde de realismo poético, apenas anotando o que via e sentia. Naquele trecho mais central do Guarujá, a Praia das Pitangueiras, o pôr-do-sol é pouco visível. Acontece atrás dos morros que circundam a cidade e da Serra do Mar, às costas de quem olha o mar. Mas seu reflexo tingia o horizonte. Caderno na mão, aproximei-me da praia e escrevi: *levanto-me e vou até a mureta que separa o jardim, agora deserto, da praia/ chego mais perto/ o entardecer começa a despejar seu instante de alucinação carmesim*.

Ninguém por perto. Pessoa alguma à vista, no clube ou na praia. Não chegavam rumores de trânsito ou vozes até a linha divisória de areia estendida a meus pés, entre piscina e praia. Se fosse o único habitante do planeta, não faria diferença alguma. Não seria maior a impressão de isolamento. A paisagem familiar, tão já vista e percorrida, transfigurava-se. O horizonte parecia mais próximo, ampliado, como se o olhasse através de uma lente, mirando as ondas retorcidas pela maré vazante, agitado emaranhado de água umas centenas de metros à frente, contrastando com a imobilidade da piscina cercada por palmeiras e do restante do mundo agora às minhas costas. Ambas, água do mar e da piscina, não passavam de lagoas cercadas pelo mesmo horizonte de montanhas que escureciam, contornos de nuvens e brumas tingidas pelo entardecer.

O espetáculo desse epílogo, final de um fim de tarde, fez que eu fechasse o parêntese que relatava a conversa com Augusto e escrevesse: *CHEGO MAIS PERTO/ atravesso um filtro de maresias/ recolho das ondas a simetria deste poema/ nuvens dilaceram-se em um derradeiro combate de cores.* Simetria do poema? Antes equilíbrio de contrastes, da sucessão de imagens da primeira parte, solar, com o ritmo mais compassado do trecho em prosa que acabara de escrever, andamento de ondas morrendo vagarosamente na praia sob reflexos de luzes extinguindo-se aos poucos.

Em novembro o anoitecer é prolongado. O vermelho do céu e o roxo do mar iam sendo substituídos pelo cinza da massa de maresia, mas ainda havia luz suficiente para distinguir a paisagem da orla, um contorno de morros mais próximos e montanhas mais distantes, os pálidos prédios, uma linha de praia, ilhas emergindo das ondas. Talvez empurrado por uma correnteza ou pelo vento, o mar dava a impressão de mover-se, não só no sentido do fluxo de ondas rumo à praia, porém deslizando lateralmente, bem devagar. Anotei: *enquanto o mar/ (um rio mais indomável)/ respira pesadamente/ passando à minha frente/ com a lentidão solene das procissões de barqueiros religiosos/ estendendo seu cobertor de noites/ abafando as fogueiras do fundo/ acesas nas clareiras onde afogados tentam aquecer as mãos.*

Isso pode ter chegado à minha consciência de relance, enquanto anotava, ou foi percebido mais tarde, ao passar o texto a limpo — mas esse "rio mais indomável" é um comentário daqueles versos de T. S. Eliot do início do terceiro dos *Quatro Quartetos*: *Não sei muita coisa sobre os deuses: mas creio que o rio/ É um poderoso deus castanho — taciturno, indômito e intratável...* Eu queria dizer (queria? — algo dizia, eu nada queria a não ser escrever) que tudo o que Eliot escreveu sobre o rio também é verdadeiro, e em maior grau, para o mar. Concordando, assim, com o que o próprio Eliot diz logo adiante, no mesmo poema: *O rio flui dentro de nós, o mar nos cerca de todos os lados...* Mais que citação, referência a um texto especialmente belo de um enorme poeta, sentia que oficiava o mesmo panteísmo da natureza do trecho dos *Quatro Quartetos*, resumido neste verso: *O mar tem muitas vozes/ Muitos deuses e muitas vozes...* Minha procissão de barqueiros religiosos cultuava deuses eliotianos. Deuses incumbidos de velar pelos mortos no fundo do mar, pessoas perdidas em algum momento das décadas precedentes, suicidas antes, no início do poema, e agora afogados.

Acentuava-se a impressão de ser a única criatura viva no Clube da Orla, na Praia das Pitangueiras, no Guarujá, no litoral paulista, na Terra. Poderia ter atravessado um espelho, cruzado a porta de entrada de um mundo paralelo, igual ao nosso, seu duplo, exceto por ser inteiramente desabitado. Ou ter-me envolvido em um desses enredos de naves espaciais, o solitário navegante desembarcando em paragens absurdamente vazias de outro planeta. Em alguma das inumeráveis histórias do pós-apocalipse, extinta a humanidade pela catástrofe, sobrando apenas o protagonista, sobrevivente único da hecatombe a vagar pela superfície da Terra na busca de alguém, um remanescente ao menos dos semelhantes. Indício único e distante de vida, dois navios na linha do horizonte singrando vagarosos na direção do porto de Santos: *A presença humana é murmúrio e solidão/ restam apenas esses dois navios cargueiros/ sombras recortadas sobre o longe/ dois barcos — dois pontos/ vozes solitárias insignificantes e nulas/ mergulhando no vazio cinzento.*

Apareceu mais um sinal de vida na vastidão do deserto de água. Contrastando com a lentidão dos cargueiros, balançava sobre as ondas o ágil barco à vela de algum veranista retardatário, procurando chegar a um ancoradouro ou iate-clube antes que escurecesse de vez: *e este veleiro/ mancha agitada sobre um mapa de negações/ deslizando rápido para dentro de sua hora noturna.*

O cinza tornou-se mais denso e uniforme, cobrindo os contornos da orla. Chegavam a seu limite o silêncio e a impressão de vazio, para logo serem anulados pela noite com suas lâmpadas de rua e luzes das janelas dos prédios, avisando-me da hora de terminar um texto que, em seu final, buscava retratar aquela extensão, aquele Nada universal: *o humano recua de vez/ agora tudo é distância e vazio/ dissolvem-se as palavras e a paisagem/ resta apenas o outro/ tudo o que não somos/ tudo o que nos é estranho/ como um texto/ oco de memória viva/ malha obscura de encontros amorosos/ o negativo deste nosso mundo de coordenadas terrestres/ com seu surdo murmúrio de infinitas fontes.*

Junto com a noite, havia chegado lá. Ao termo do trajeto que começava pela declaração de que o mar ainda não havia sido destruído, passava por sua amplidão simbólica, por um encontro ao acaso e sua carga de rememorações, desaguava no vazio do anoitecer e terminava na malha obscura dos encontros amorosos. Em nossos encontros, nas pausas entre seus mergulhos e sua errância pelas ruas e noites de São Paulo, pelas angras do litoral paulista, por países distantes, por manhãs de lençóis náufragos, perpétua madrugada de persiana baixa, sombra dourada ao sol da manhã.

Logo achei um título para o poema: *Faz tempo que eu queria dizer isso*. Sim, há tempos me acompanhava uma frase sobre o mar. Há mais tempo ainda meus encontros com Tânia pediam por um texto. Faz tempo latejava em mim um poema sobre a infinidade de trajetos que um mergulhador pode descrever no mar.

7

FAZ TEMPO QUE EU QUERIA DIZER ISSO

ainda não conseguiram destruir o mar
não foram capazes de estrangulá-lo com fios elétricos e rodovias
nem de o retalhar com cercas
ou de lotear as manchas do seu dorso
o mar ainda existe
presente na consciência dos amantes
nas madrugadas de suor cúmplice estampado nos lençóis
para podermos ver o mar
para penetrar aos poucos nesses refúgios mornos
cavernas do primitivo sonho
útero de filamentos luminosos
é preciso nos desnudarmos totalmente
e sabermos nos reconhecer
pelo toque da pele
como algo que termina e recomeça
dois poemas entrelaçados
mordendo-se como a serpente mítica
o mar e suas gavetas de cristal
seus andaimes de prata
sua borbulhante conspiração de gelatinas
sua sofreguidão de novelos agitados
seus túneis de trilhos descendentes
sua nudez flamejante
seu tempo de redes desfazendo-se na areia
seus barcos mergulhados na definitiva espera
seus poços artesianos de sal

seu recheio de quadros abstratos
sua cornucópia de desejos obscuros
seus punhais envoltos em sargaços
suas torres de castelos de beleza pura
suas largas avenidas batidas pelo vento
seu arco-íris dançando o balé do amanhecer
suas mãos de dedos transparentes a perder de vista
guardião dos nomes dos suicidas
que vagam pelas ruas de cidades submersas
labirinto de lembranças
labirinto de luzes e sombras vivas
ondas fazendo valer seu interminável instante de rugidos
entrechocando-se com o furor dos metais nas batalhas de Paolo Ucello
selva de ruídos *selva de ausências*
e a hora da praia
pura realidade de silhuetas
lábio de vagina úmida dos continentes
dorso de gato angorá roçando a terra firme
clamor de corais
ecoando por campos submarinos
afugentando as águas-vivas
que chegam à praia como bandeiras de nações febris
(nesta rua asfaltada e cheia de gente de uma cidade de prédios inúteis
que contemplam o mar certos de sua fatal corrosão encontro um
velho e inesperado amigo,
ele carrega consigo sua roupagem indiana de seda negra e um estranho
olhar fixo de visionário estampado no rosto pálido
recuamos para um lugar tranqüilo, sentamos para conversar entre
palmeiras e uma brisa fresca
falamos das pessoas e das aventuras dos anos 60 e 70, tudo o que
aconteceu, esses frágeis cenários agora vistos a partir da perspectiva
de uma mesa de bar, eterna como todas as mesas de bar, neste mesmo
lugar onde já escrevi outros poemas, próximos demais da areia para
que não sejamos rigorosamente verdadeiros
nomeamos os personagens: um que foi morar em Punta del Este
para fazer não se sabe o que, outro que viajou para a França

e ficou muito rico, aquele que mora em um barco e contempla o vazio todas as manhãs, alguém que dardeja traços alucinados sobre o papel, os que escrevem coisas absurdas com a firme convicção dos testamenteiros

e há também os que se mataram, os que foram mortos, os que se afugentaram de si mesmos e ingressaram na definitiva condição de fantasmas, os navegantes para todo o sempre

o amigo despede-se e parte, mergulha para dentro do calor de fim de tarde de um verão precoce, atravessa a barreira de uma cerca viva de folhagens, dissolve-se nessa névoa úmida que sempre se forma em dias assim

arrasta consigo esse feixe de biografias entrelaçadas e a questão parada no ar do que fazer com tudo isso

levanto-me e vou até a mureta que separa o jardim, agora deserto, da praia

chego mais perto

o entardecer começa a despejar seu instante de alucinação carmesim)

CHEGO MAIS PERTO

atravesso um filtro de maresias
recolho das ondas a simetria deste poema
nuvens dilaceram-se em um derradeiro combate de cores
enquanto o mar
(um rio mais indomável)
respira pesadamente
passando à minha frente
com a lentidão solene das procissões de barqueiros religiosos
estendendo seu cobertor de noites
abafando as fogueiras do fundo
acesas nas clareiras onde afogados tentam aquecer as mãos
a presença humana é murmúrio e solidão
restam apenas esses dois navios cargueiros
sombras recortadas contra o longe
dois barcos   dois pontos
vozes solitárias insignificantes e nulas
mergulhando no vazio cinzento
e esse veleiro

mancha agitada sobre um mapa de negações
deslizando rápido para dentro de sua hora noturna
o humano recua de vez
agora tudo é distância e vazio
dissolvem-se as palavras e a paisagem
resta apenas o outro
tudo o que não somos
tudo o que nos é estranho
como um texto
oco de memória viva
malha obscura de encontros amorosos
o negativo deste nosso mundo de coordenadas
terrestres
com seu surdo murmúrio de infinitas fontes

Em cadernos de anotações tenho frases e imagens que poderiam estar neste ou em outro poema sobre o mar. Falam de seu trabalho, tecendo sua rede, apagando e refazendo signos na interminável espera do rio retornar a seu leito. É um lago mais agitado. Guarda tapeçarias de cristal. Vejo uma nervosa caligrafia na pauta das ondas. Chamo-o de abismo com ganchos de sal que nos arrastam ao fundo, labirinto de convulsões, novelo de tentáculos de espuma, caldeirão fervente cercado por muralhas de luz e vento. A iminência da tempestade é lâmina de prata suspensa no horizonte, prestes a cair e estilhaçar-se em relâmpagos sobre o exército de ondas cinzentas que marcha solene para sua inevitável derrota, sua queda e dissolução ao alcançar a praia.

Se trechos como esses tivessem continuado o poema, acabaria tão extenso quanto seu tema, prolongando o livro do qual fazem parte odes e elegias, passagens panteístas sobre o rio e o mar, homenagens e invocações, a épica dos navegantes e a lírica da contemplação em praias e costões de pedra, com o sol a pino, no crepúsculo ou à noite, distinguindo formas projetadas no instante pelo contorno de espuma.

8

— Veja! Lá está ela, não vê? *A Tour Saint-Jacques*!

Nomes de lugares me soavam familiares, sem que os reconhecesse.

Não identificava a torre que o amigo francês, Alain Mangin, me apontava, diante do Chatelêt, bem visível do trecho da Rue de Rivoli onde estava, na altura do Hôtel de Ville:

— *La Chancelante!*, insistiu ele. Diante do meu ar desentendido, citou a imagem com que Breton a descreve em um poema, por sua vez citado em *O Amor Louco*: *Em Paris a Torre Saint-Jacques cambaleante/ igual a um girassol.*

Veja! Lá está ela, não vê? A ***Tour Saint-Jacques****!*

A Torre Saint-Jacques, ponto de partida das peregrinações a Santiago de Compostela. Diante dela, uma ruazinha com a extensão de um quarteirão, Rue Nicolas Flamel, evocando o mago do século XV que lá viveu, fazendo dos arredores da torre um bairro de alquimistas.

Por sua oferta de hotel conveniente, amigos por perto, metrô e acesso a tudo, ao lado o Marais, o bairro mais antigo, mais o centro cultural, o Beaubourg com a vista oferecida por seu quinto andar, novidade dos anos 70 afastando a região de sua anterior decadência, e ainda as margens do Sena e seus cais, pontes, igrejas, palácios e luminosidades, por tudo isso escolhi aquele trecho de Paris.

Ou fui por ele escolhido, ao instalar-me junto ao Hôtel de Ville, o paço municipal, reduto de rebeliões em 1789 e em 1871, a dois quarteirões da torre, perto de Les Halles, encostado à Cité, a ilha onde ficam a Catedral de Notre Dame, o Cais das Flores, as pontes, o Pont-au-Change e o Pont-Neuf e, atravessando-a, o Quartier Latin.

Trajetos bretonianos. *Berço de Paris*, a expressão comum para designar esse trecho, é usada por ele em *O Amor Louco*.

O Forum Les Halles substituiu o mercado demolido no começo dos anos 70, em cuja vizinhança, até a década de 60, reuniu-se em um bar o grupo surrealista. Na plataforma superior do Forum, caminhos com nomes de escritores. Alameda André Breton, esquina com Garcia Lorca e Saint-John Perse. Mas essa lembrança, evocando a quem detestava homenagens, pouco significa. E a distribuição de nomes de escritores pelas alamedas é um retoque de verniz cultural em um centro comercial. Não sei se o arquiteto ou administrador que as batizou se lembrou dos trechos de *O Amor Louco* que mencionam Les Halles e suas imediações. Nem eu, ao afastar-me do Forum e suas alamedas, ao margear o Beaubourg e chegar à Torre Saint-Jacques. E, de lá, flanquear o Hôtel de Ville e dobrar à direita, atravessando o Sena, passando pela Notre Dame, pelo Cais das Flores, até o Quartier Latin.

Movia-me o esquecimento, em minha tarde de disponibilidade sem hora marcada ou destino fixo. Da catedral de Notre Dame, podia ter dobrado à direita, chegando à ponta da ilha, a Praça Dauphine, e, pelo Pont-Neuf, de volta à margem direita, até as Tuileries. Teria refeito outra caminhada, aquela com Nadja durante a noite da janela vermelha, da mão em chamas, do chafariz. Mas não: meu roteiro foi o da madrugada de 29 de maio de 1934, em que Breton caminhava acompanhado por uma mulher, a quem, pouco antes, havia dirigido a palavra pela primeira vez, depois de observá-la a escrever à mesa de um bar. E que lhe pareceu bela. *Escandalosamente bela*, insiste ele.

Se caminhar por uma cidade tão notável pela existência literária, aquela onde escritores se perderam por vielas e ruas para deparar-se com imagens e histórias, pode ser uma fonte de descobertas e surpresas, assim também a leitura de um texto como *O Amor Louco* — onde, talvez por sua adesão a Freud e ao pensamento psicanalítico, Breton procurou arrancar significados latentes, buscar o que está por baixo ou além da realidade manifesta, em um esforço intelectual que coexistiu, o tempo todo, com a livre expressão de sua imaginação poética — é um percurso, é a revelação da cidade de signos.

Ao abandonar o tom de relatório, quase diário, de *Nadja*, em favor das longas passagens de poesia em prosa de *O Amor Louco*, Breton quis que o desejo se expressasse pela escrita. Encontrar a bela desconhecida no meio da noite de Montmartre pareceu-lhe a

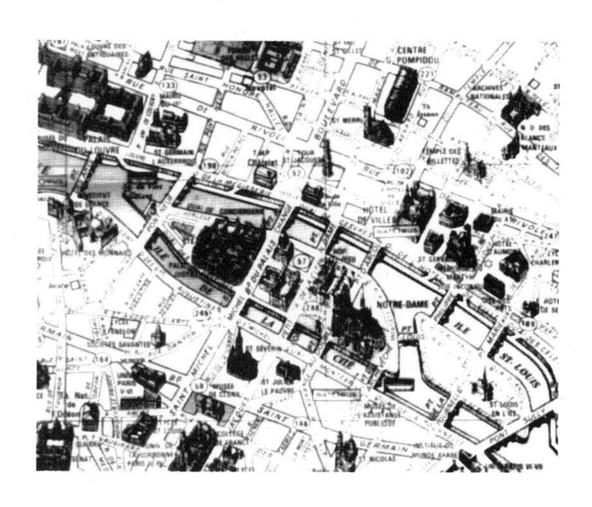

... um percurso, a revelação da cidade de signos.

realização da busca do amor único. Confunde-a com o universo e a faz partilhar suas qualidades. Seus cabelos são *chuva clara sobre castanheiros em flor*, da cor de *um sol extraordinariamente pálido*. Aparece *rodeada de um vapor — vestida de labaredas? — Tudo perdia a cor, tudo gelava em presença daquela tez de sonho, perfeita concordância de tons de ferrugem e de verde*.

Mas *O Amor Louco* é mais que a história desse encontro e da poesia por ele suscitada. Fala de uma revelação, a descoberta de novas relações: *É como se, de repente, fosse desvendada a profunda noite da existência humana, como se, tendo a necessidade humana aceito formar um só todo com a necessidade lógica, todas as coisas adquirissem uma total transparência, tudo se ligasse entre si como uma corrente de vidro à qual não faltasse um só elo*.

Seu propósito é escrever sobre nada menos que a *lei de produção do misterioso intercâmbio entre a matéria e o espírito*. Então, é um livro sobre a magia, embora Breton não use a palavra ao tratar do modo como o sujeito, movido pelo desejo e pela paixão, altera, inverte ou subverte a causalidade, a temporalidade, a aparente ordem natural.

O nome da mulher a quem Breton encontrou não é dito em *O Amor Louco*. Sabemos, através dos biógrafos, tratar-se de Jacqueline Lamba. Mas sua fotografia foi publicada no livro, retratando-a de corpo inteiro. É verdade que de modo pouco nítido, embaçada, tornando irreconhecível seu rosto, permitindo apenas entrever sua nudez, pois essa amada inominada foi fotografada debaixo da água, mergulhando. Ela mergulhava, mas não no oceano, em um lago ou piscina. Artista de cabaré, um de seus números era esse, do mergulho visto através da parede de vidro de um aquário. É possível que Breton, ao escolher, dentre as muitas de que dispunha, a foto que a mostra quase vulto, sugestão mais que forma de mulher, quisesse apresentá-la como ser de outra espécie, criatura de outro elemento.

Breton logo soube que o texto escrito por Jacqueline à mesa do bar, nessa primeira ocasião em que a viu, era uma carta para ele. Marcaram de ver-se mais tarde, à meia-noite, no *Café des Oiseaux* em Montmartre. Saindo dali, caminharam conduzidos pelo vento: *esse belo vento que nos impele e que decerto não irá amainar*. O vento do eventual, que os acompanhou enquanto desciam a Rua

Montmartre, atravessando um bom pedaço de Paris. Mas Breton não descreve o percurso completo. Seu relato recomeça em Les Halles, onde passam pela porta dos bares de fim de noite e observam o movimento de caminhões descarregando verduras no velho mercado. Prosseguem pelo quarteirão dos alquimistas até a Torre Saint-Jacques, passando pelo Hôtel de Ville, atravessando o Sena na altura da Catedral de Notre Dame. Antes de se perderem por ruelas do Quartier Latin, detiveram-se no Cais das Flores, onde os floristas descarregavam vasos de plantas e armavam suas barracas. A cena inspirou-lhe novas passagens de exaltada poesia em prosa:

Todas as flores, mesmo as que se mostram menos exuberantes nesse clima, se empenham em conjugar esforços para me proporcionar uma sensação totalmente nova. Límpida fonte, onde vem se refletir e dessedentar a vontade de arrastar comigo um outro ser, desejo meu de percorrer a dois — e já que antes não me fora possível fazê-lo — o caminho perdido ao sair da infância, o caminho que entre prados se insinuava, rodeando de bálsamos aquela mulher ainda desconhecida, a mulher que um dia haveria de me aparecer. Será você, finalmente, essa mulher? Só hoje, enfim, você deveria aparecer?

Não conhecemos o restante da caminhada, por onde passaram e se detiveram depois de enveredar pelo Quartier, em uma rota que os conduziu ao casamento, dois meses depois.

Antes disso, Breton já havia reparado que passagens da caminhada e detalhes do encontro daquela noite estavam em um poema seu de 1923, da época em que procurava cartazes anunciando carvão de lenha como um alucinado e cruzava com moças misteriosas fazendo perguntas aos passantes pelas ruas de Saint-Germain-des-Près. Escrito de modo automático, de um só jato, publicado em *Clair de Terre*, intitula-se *Tournesol*, Girassol — imagem de sua predileção, a flor que se move acompanhando o sol, como se quisesse ser seu espelho, e que também aparece no poema sobre a Torre Saint-Jacques.

As dúvidas de Breton sobre o sentido deste poema só foram respondidas onze anos depois de tê-lo escrito, ao perceber que falava de seu encontro com Jacqueline:

A viajante que atravessou os Halles ao cair do Verão
Caminhava na ponta dos pés
O desespero rolava pelos céus seus grandes arãos tão belos
E na valise de mão escondia-se meu sonho esse frasco de
[sais
Que só a madrinha de Deus aspirou
Os torpores pairavam como vapor de água
No "Chien qui fume"
Onde o pró e o contra acabavam de entrar
Difícil lhes era ver a moça só de soslaio a viam
Estaria eu diante da embaixatriz do salitre
Ou da curva branca sobre fundo negro a que se chama
[pensamento
O baile dos inocentes estava no auge
Nos castanheiros incendiavam-se devagar os lampiões
A dama sem sombra ajoelhou-se no Pont-au-Change
Na Rua Gît-le-Coeur outros eram agora os timbres
As promessas da noite cumpriam-se finalmente
Os pombos-correio os gritos de socorro
Vinham juntar-se aos seios da bela desconhecida
Dardejados sob o crepe dos significados exatos
Uma chácara prosperava em pleno centro de Paris
Com suas janelas viradas para a Via Láctea
Mas ninguém lá morava ainda por causa dos que viriam a
[aparecer
Dos que mais dedicados são que as almas do outro mundo
Alguns como esta mulher mais parecem nadar
E no amor insinua-se algo de sua matéria
Ela os interioriza
Não sou joguete de nenhuma força sensorial
E no entanto o grilo que cantava sobre os cabelos de cinza
Certa noite junto à estátua de Etienne Marcel
Lançou-me um olhar cúmplice
André Breton disse ele está passando

Logo na frase inicial, a travessia de Les Halles pela viajante que, sendo dançarina, caminha na ponta dos pés. E que, adiante, *parece nadar*: Jacqueline, a dançarina-mergulhadora. No final, a estátua de Etienne Marcel na praça ao lado do Hôtel de Ville, por onde passaram. O Pont-au-Change, que leva ao Cais das Flores e ao Quartier. A Rua Gît-le-Coeur, no caminho do Quartier, vindo pelo Pont-au-Change. Além das correspondências de trechos do poema com etapas da caminhada, há outras, como na menção aos pombos-correio. Jacqueline tinha um primo que já conhecia Breton, e funcionou como elo de ligação entre ambos, pois lhe havia indicado seus livros, despertando nela o desejo de conhecê-lo. Na época, o rapaz prestava serviço militar e estava ligado a um centro columbófilo, uma criação de pombos-correio. Breton havia acabado de receber uma carta dele, em um envelope timbrado com o carimbo desse centro columbófilo.

Essas são as correspondências mais flagrantes. Breton ainda fala de referências a seus estados de espírito na época, ao desespero, a torpores, à sensação de ser um joguete de forças desconhecidas (ele saía de uma paixão mal resolvida por Suzanne Muzard, interlocutora do final de *Nadja* que também aparece em *Os Vasos Comunicantes*). Observa que, caminhando lado a lado, só podia mesmo ver Jacqueline de soslaio, da forma como está no poema. Relaciona imagens à prática da alquimia nas imediações da Torre Saint-Jacques. Associa o grilo do poema a outro, figurante das passagens finais dos *Cantos de Maldoror*. Destaca a confluência de paixões que recebem respostas de todo o Universo, das chácaras brotando inesperadamente em Paris até a Via Láctea.

No entanto, comparações como essa, entre poesia e realidade, podem acabar mostrando que inumeráveis encontros amorosos já foram anunciados por outras tantas produções do lirismo romântico. Quantos apaixonados não tiveram experiências semelhantes à revelação? Quantos já não se sentiram retratados, a si e a sua paixão, em um poema inesperadamente descoberto ou redescoberto? Tantos, com certeza, quanto os que viveram a sensação do sublime diante dos floristas da madrugada, vagando por Paris, São Paulo, ou qualquer outra cidade, nas horas intermediárias entre o que se fecha, encerrando as atividades, e o que vai se abrindo para o dia seguinte.

Na obra dos surrealistas, onde é freqüente textos conterem

endereços reais ao se converter a cidade em espaço mágico, como em *Le Paysan de Paris* de Aragon e *Liberté ou L'Amour* de Robert Desnos, *Girassol* pode ser o poema mais claramente antecipatório. Mas não é o único texto de Breton com essa continuidade entre o escrito e o vivido, dando-lhe um caráter de magia propiciatória. A mesma qualidade está presente em toda a sua obra. Um exemplo é *Nadja*, com seu final anunciando algo por acontecer, ao perguntar *quem vem aí*? E o próprio *O Amor Louco* também tem a característica extraordinária de antecipar-se. Os acontecimentos nele descritos invertem a relação habitual entre narrativa e realidade, o que levou Breton a sentir o mundo transformar-se em *floresta de indícios*, de sinais do que estava por vir. Entre outros desses indícios, o trocadilho ouvido em um restaurante, incluído no texto antes do primeiro encontro com Jacqueline Lamba em Montmartre: *Ici l'on dîne* (aqui se janta); *Ici l'Ondine* ("aqui a Ondina", a ninfa das águas representada por Jacqueline).

Ele ia descobrindo, nesses dias antecipatórios, objetos que pareciam apontar além de si mesmos, *despertando a sensação do jamais visto*, o oposto do mesmo, do lugar-comum. Uma das ocasiões em que isso aconteceu foi ao percorrer o Mercado de Pulgas, a feira parisiense de antiguidades e velharias, em companhia do escultor Alberto Giacometti, que comprou um desses objetos, uma estranha máscara gradeada. Breton, por sua vez, ficou com uma colher de madeira com um cabo longo e um suporte, um apoio semelhante a um salto, dando ao todo uma forma de sapato alongado. A máscara acabou servindo a Giacometti como peça de que precisava para completar uma das suas esculturas. E a colher, enquanto Breton, já em sua casa, a examinava, transformava-se. Como em uma alucinação, ganhava em brilho, a madeira assemelhando-se aos poucos ao vidro, até converter-se no sapato de Cinderela, o sapato de cristal perdido da história da Gata Borralheira. Essa imagem vinha lhe aparecendo em sonhos, levando-o a pedir a Giacometti que a modelasse. Antes que o escultor o atendesse, a imagem do sonho aí estava, encontrada na realidade. Assim, os dois objetos encontrados, a máscara e a colher-sapato, preencheram, sem que eles o soubessem de imediato, desejos de seus possuidores.

Breton observa que a transformação da colher em sapato

correspondia à metamorfose da abóbora em carruagem na história da Cinderela. Um duplo objeto — colher, o instrumento de cozinha que ela usava, e sapato de cristal, a ligação ou veículo para a transformação em princesa, a revelação de sua identidade. Um no outro: o sapato existia na colher, assim como a Gata Borralheira já era, antes de vir a sê-lo, a mulher eleita, o símbolo da realização do amor único. Essa permuta equivale a um dos jogos que os surrealistas ainda viriam a praticar, o "um no outro", aplicação do princípio da analogia, da lógica poética pela qual cada coisa partilha propriedades de outras. O mesmo princípio a que obedecem os sonhos e seus deslocamentos e condensações, aqui tomando conta da realidade, ou da surrealidade.

Já a máscara comprada por Giacometti revelou-se um instrumento de guerra. Outro poeta, Joë Bousquet, contou-lhes que havia sido usada na Primeira Guerra Mundial, mostrando-se ineficiente como proteção, causando a morte de soldados. Breton não chega a tanto, mas vê-se que a colher-sapato e a máscara gradeada são objetos complementares, ligados à vida e à morte. Talvez, cada um deles, a uma das dimensões primordiais ou instintos básicos, Eros e Tanatos.

No encontro, seja com a colher que é o sapato de Cinderela, seja com a amada, resolve-se a tensão entre a espera e a descoberta, o desejo e a realização. Um curto-circuito, quando, observa Breton, *é abolida a sensação do tempo, com a embriaguez da sorte.* Cresce então a consciência de que *existe esse homem vivo que, alguma vez, tentou, ou tenta ainda reequilibrar-se sobre o traiçoeiro trapézio do tempo*. Essa é a manifestação do *acaso objetivo*, o encontro entre duas séries causais diferentes, uma delas externa, a outra interna, uma natural, a outra humana, provocando acontecimentos *sob o signo da espontaneidade, da indeterminação, do imprevisível ou até mesmo do inverossímil.* O acaso, para Breton, é *a forma da necessidade exterior se manifestar, ao abrir caminho através do inconsciente humano*.

Assim, ele apresenta sua interpretação materialista e freudiana do que é atribuído por alguns à intervenção do sobrenatural, e negado por outros, que o reduzem à mera coincidência em nome da lógica, do bom senso ou do saber científico. Mas a sua é a voz de um poeta, e não de um psicanalista, cientista social ou filósofo. Usar conceitos vindos do pensamento dialético e da psicanálise não o impediu de querer chegar, no *Segundo Manifesto do Surrealismo*, a *um certo ponto do espírito, onde vida e morte, real e imaginário, passado e futuro, o comunicável e o incomunicável, o alto e o baixo, deixem de ser percebidos como contraditórios.*

Um certo ponto do espírito — meta também dos místicos, ponto que figura, entre outros lugares, no *Zohar*, livro da Cabala do século XIII. Ambigüidade do poeta que trafega na zona cinzenta entre misticismo e materialismo, recusa do transcendentalismo e religiosidade herética. Capaz de dizer logo adiante, na terceira parte de *O Amor Louco*, que enxerga o símbolo da busca surrealista, a síntese do racional e do real, em uma folha de sempre-viva. Visão semelhante à de Jacob Boehme enxergando o universo em um prato de estanho, e a tantos outros vislumbres de iluminados que viram o macrocosmos em um pedaço do microcosmos, o todo em uma das partes.

* * *

Se os capítulos iniciais de *O Amor Louco* são a crônica do tempo em que, *independentemente do que possa ou não acontecer, a espera é magnífica*, e se o trecho seguinte, da caminhada por Les Halles e da evocação do *Girassol*, é a celebração do encontro e o triunfo do acaso objetivo, então a continuação da narrativa é a realização do desejo.

Por isso, nele sucedem-se páginas e páginas de poesia em prosa escrita a partir de dentro, do interior da união amorosa. Como etapa de uma viagem a lugares onde havia manifestações surrealistas, Breton e Jacqueline chegaram às Ilhas Canárias em abril de 1935. Lá, possuído pelo *delírio da presença absoluta*, vê seu Jardim do Éden no Pico de Teide, ponto culminante de uma das ilhas, Oratawa. Transcreve a música *sobreposta aos nossos passos* sobre praias de areia branca e de areia negra, passando por matizes e gradações da água do mar, por uma vegetação de figueiras de raízes que mergulham na pré-história, sempre-vivas com folhas refletindo a Unidade, eufórbias e pitangas, cactos de muitas formas, e as flores, não mais as flores da feira no cais do Sena, breve irrupção da natureza na cidade, porém agora flores ocupando tudo, até que os amantes se confundam com elas:

A um sinal, que, por maravilha, tarda a aparecer, irei juntar-me a ti no seio da flor fascinante e fatal. No interior da flor, a liberdade, *a suficiência total que, naturalmente, reina entre dois seres que se amam, deixa de enfrentar, neste momento, o mínimo obstáculo.* Dentro da flor, *no seio da oblíqua claridade.* Dentro da nuvem, dentro *do puro informe*: *quando Oratawa desapareceu, foi-se perdendo pouco a pouco sobre nossas cabeças, até acabar por ser tragada; ou então fomos nós que, a esses mil e quinhentos metros de altitude, fomos de repente sorvidos por alguma nuvem.*

Nuvens, lugar do encontro entre desejo e realidade: *levantar os olhos daqui de baixo, da terra, para uma nuvem, é a melhor forma de interrogar nossos mais íntimos desejos.* É perceber que *toda a questão da passagem da subjetividade à objetividade se encontra aqui implicitamente solucionada.* Leonardo da Vinci pedia a seus alunos que olhassem as manchas em uma parede e copiassem as formas que viam desenhar-se nelas. Nuvens de Oratawa ou manchas na parede, telas onde se projetam imagens do desejo: *O homem só poderá ser senhor dos seus atos no dia em que, como o pintor, aceitar reproduzir, com a máxima fidelidade, aquilo que uma tela apropriada tiver sabido mostrar antecipadamente a esses mesmos atos. Ora, essa tela existe. Qualquer existência comporta um todo homogêneo de fatos aparentemente escalavrados e nebulosos, que bastaria encararmos mais fixamente para que eles nos desvendassem o futuro.*

A projeção do desejo é invocação do acaso objetivo: *Uma vez vencidos todos os princípios lógicos, virão então a nosso encontro — se tiver valido a pena interrogá-las — as forças do* ***acaso objetivo****, que nada querem saber de verossimilhanças. Tudo o que o homem pretende saber se encontra escrito nessa tela em letras fosforescentes, em letras de* ***desejo****.* A resposta à interrogação da nuvem é a revelação do amor único. Encontram-se no interior da nuvem os amantes, os Romeus e Julietas míticos ou históricos. *Onde poderei eu estar melhor que no seio de uma nuvem, para adorar o desejo, único impulsionador do mundo, o desejo, único rigor que o homem deve se impor?* Se há algo que se assemelha ao interior da nuvem ou do nevoeiro, é a madrugada. São zonas cinzentas, intermediárias, onde formas se dissolvem, contornos se confundem, e cada coisa pode ser outra, permitindo à imaginação desenhar seus objetos que, animados pela energia de Eros, passam a compor a realidade.

* * *

O amor e a morte, o lado claro e o lado sombrio da realidade caminham lado a lado como as metades da esfera do Tao, o Yin e o Yang. O trecho final de *O Amor Louco* é uma carta, escrita a sua filha, para ser lida em 1952, quando tivesse dezesseis anos. Texto para o futuro, complemento ou posfácio do livro. Mas a história dos encontros de Breton com Jacqueline e das intervenções do acaso objetivo termina, depois da homenagem ao desejo entre as nuvens de Oratawa, com um capítulo sombrio, onde a tônica dominante é a morte. Breton não menciona a complementaridade de Eros e Tanatos, mas a torna presente no início do livro, com a história do par de objetos encontrados, a máscara militar e a colher-sapato, e nesse final, com o episódio da "casa das raposas". Mudando de estilo, passa da fusão de reflexão filosófica e poesia em prosa a uma narrativa realista, bem descritiva.

Ele e Jacqueline estão, já em 1936, passando alguns dias no litoral da Bretanha, terra de origem de sua família e de seu sobrenome. Em uma tarde de mau tempo, caminham por uma praia deserta e perdem-se na desolação. Sentem que nunca mais conseguirão sair dessa extensão sombria, para chegar a algum lugar povoado e tomar uma condução que os devolva ao ponto de partida. Breton vai sendo tomado por uma crescente depressão. Não conseguem mais falar-se. O mal-estar chega ao máximo ao passarem por uma casa desabitada. Vê-a cercada de grades metálicas. Atravessam um riacho que dá em um costão de praia, um monte de pedras e, logo adiante, uma antiga fortaleza abandonada: *O fosso aberto entre nós cavara-se ainda mais, parecia tão alto como aquele rochedo onde o ribeiro que acabávamos de atravessar se perdia. De nada servia esperarmos um pelo outro: impossível trocarmos uma palavra que fosse, passar um pelo outro sem desviar a cabeça e estugar o passo.*

Aos poucos, à medida que se afastam da casa e do desvio com o riacho, a paisagem se abre. A sensação opressiva que os havia invadido também passa. Ao refletir sobre o que havia ocorrido, Breton percebe que o mal-estar e o momento de ruptura eram delirantes. E logo fica sabendo que a casa por onde haviam passado fora o local de um crime famoso na região. Seu dono, Michel Henriot, a quem pertencia o trecho até o velho forte, um tipo degenerado, filho do procurador-geral da região, havia assassinado sua mulher, para ficar com o dinheiro do seguro. Retornando ao lugar, Breton repara que a casa é rodeada por um muro alto de cimento, e não, conforme havia visto pela primeira vez, por uma rede metálica, o cercado das raposas. Subindo no muro, vê então as redes metálicas que guardavam as raposas: *Foi, portanto, como se no dia 20 de julho* (a data em que passou por lá pela primeira vez) *esse muro se me tivesse apresentado* ***transparente****.*

Como leituras para a temporada no litoral norte francês, Breton e Jacqueline haviam trazido dois livros emprestados por um amigo. Um deles, *A Raposa*, de Mary Webb (mais tarde filmado, história de uma mulher que se identifica com raposas e acaba morta pelo marido, um caçador). O outro, *A Mulher Transformada em Raposa*, de David Garnett. A crise no relacionamento deles não se encerrou ao saírem dos domínios da casa das raposas, como é dado a entender em *O Amor Louco*. Logo teriam uma separação prolongada, para acabarem rompendo de vez em 1943. E as causas da separação não se resumiram à passagem pelos arredores de uma casa mal-assombrada. Esta pode ter precipitado o que estava latente. Mas, assim como o encontro deles já estava escrito no poema do girassol e em outros textos, aquele pesadelo estava antecipado em uma escolha de livros: *É preciso reconhecer, quer se queira, quer não, que esses dois livros por certo desempenharam, na elaboração do que para nós foi esse longo pesadelo acordado, um papel mais que* ***determinante*** *e decisivo.*

9

Certos dias recebem um tom neutro, acinzentado. Neles não está presente a ofuscante claridade do sol multiplicando os brilhos de janelas de edifícios e latarias de automóveis, nem a escuridão que precede as tempestades, com seu brusco vento a abater-se sobre tudo o que é móvel ou está solto. Marca-os apenas uma redução da luminosidade, a transformar a cidade em cenário mais desbotado e fosco. Mancha cinzenta a mais na paisagem mortiça, a página de frente de um jornal, o *Notícias Populares*, exposto na banca, era animada pelas estridentes maiúsculas do título de sua matéria principal, mostrando que servia para transmitir, mais que informação, fragmentos de pânico e sobressalto. O bloco de letras, a anunciar que *Menores Matam Homossexual*, parecia acenar-me, pedindo, em um débil chamado, que eu lhe desse atenção, como o fazia, todas as manhãs, ao repetir o mesmo chamado, anunciando sua quota diária de antecipações do apocalipse e crônicas da catástrofe, dirigindo-se aos passantes pelas bancas de jornais do centro, dos bairros e da periferia de São Paulo.

Deveria ter reparado no aceno e correspondido ao chamado da página de frente do *NP*, pegando-o e lendo o texto anunciado pela manchete. Evitaria a volta à mesma banca logo em seguida para comprar o jornal, depois do telefonema de Oswaldo Pepe que atendi ao chegar em casa. Ligava para avisar-me que a notícia de capa no jornal voltado para o registro do trágico e do grotesco na vida urbana, meio por acaso, na falta de algo mais grave ou chocante na véspera, era sobre Augusto Peixoto, morto por dois rapazes por ele acolhidos em seu apartamento.

O texto da matéria era sumário, e não superava em informação o que seu título já revelava. Repetia o enredo do homossexual roubado e assassinado por seus hóspedes de uma noite. Informava também que Augusto era artista plástico. Os assassinos, menores de idade, eram designados pelas iniciais. Mas se tivessem publicado os nomes completos, isso nada acrescentaria ou esclareceria. Redigida naquele estilo, a notícia nivelava vítima e executores, igualando-os ao anular sua individualidade, transformando-os em figurantes da repetição ritualística da mesma cena de violência urbana. Ao mesmo tempo, paradoxalmente, em que os punha em relevo e tornava públicos. O jornal ainda dizia que os dois rapazes estavam presos, provocando mais uma pergunta: como havia sido possível o desvio da norma, de nada encontrarem nessas ocasiões, a não ser o cadáver solitário abandonado por discretos algozes?

As informações para responder a essa dúvida vieram com o telefonema seguinte, de Roberto Piva. Sua atenção despertada pela mesma notícia, havia saído a campo em busca das circunstâncias da interrupção definitiva da série de fechaduras na porta do apartamento em Santa Cecília. Seu relato me fez saber como a tranqüilidade dos três andares do prédio antigo foi quebrada na manhã de 2 de setembro de 1980. Uma gritaria saindo do apartamento, a ressoar pelos corredores e pátio interno, fez que vizinhos e zelador chamassem a polícia depois de trancarem a entrada do prédio, possibilitando a prisão da dupla de executores. Ao acompanhar seus visitantes ou hóspedes ocasionais até a porta, Augusto havia recebido ameaças, exigências e pedidos. Queriam dinheiro, ou levar, como lembrança da noite, alguns dos objetos de arte espalhados pelo apartamento. Talvez se dessem por satisfeitos com seu relógio, discos ou qualquer outra oferta.

Augusto conhecia os expedientes e argumentos para sair dessas situações. Sabia como, na pior das hipóteses, safar-se com um prejuízo reduzido. Podia ter despachado os visitantes, prometendo recompensá-los mais tarde, para deixá-los, na hora marcada, diante de uma porta cerrada, reforçada por mais uma fechadura. Em vez disso, foi tomado por uma incontrolável exasperação. Começou a berrar, a cobrir os rapazes de impropérios. Obteve como resposta outros gritos. Esses logo se transformaram em gestos — e em poucos instantes os gestos já acompanhavam brilhos a percorrer o ar, uns lampejos de lâminas puxadas dos bolsos ou debaixo das camisas, levando braços e mãos a seguir um percurso determinado pelo conhecimento de como perfurar, cortar e retalhar dos metais, até que os berros se transformassem em gemidos e uivos de dor, que baixavam de intensidade na proporção das veias rompidas e da extensão do sangue derramado, acabando por se extinguir no silêncio entrecortado por arquejos de um corpo estendido no chão.

Para completar sua crônica dos momentos finais de Augusto, Piva, em um segundo telefonema, ainda me contou uma dessas histórias de mistério que às vezes acompanham mortes repentinas. Um conhecido nosso, Borges, velho amigo de Augusto, o teria acompanhado, uns trinta anos antes — ambos, portanto, adolescentes — a um médium, pai-de-santo, alguém capaz de prever o futuro. O vidente morava e atendia em um lugar que fazia parte do que então seria a Zona Norte de São Paulo, algum confim de início da Serra da Cantareira. Iniciada a leitura da sorte de Augusto, tirando cartas, interpretando sombras em um copo d'água, jogando os búzios, ou qualquer que fosse seu instrumental divinatório, em um dado momento o vidente interrompeu-se bruscamente e suspendeu a sessão. Diante da insistência dos visitantes, pontuando-se de reticências, acabou por dizer que havia visto algo de muito ruim. Augusto, anunciou, encontraria sua morte na ponta de uma faca.

Zona Norte, década de 50. Para mim, o além-fronteiras. Outra margem. Um tempo quase mítico, pretérito. Um lugar em que nada mais resta do que então havia, e ninguém mais sabe se o espaço ocupado pela morada do vidente agora serve de suporte aos vistosos prédios da região do Tremembé, a um desses caóticos loteamentos de moradias populares, ou se continua na fronteira entre mata da Serra da Cantareira e cidade. Se houvessem feito essa profecia na hora do nascimento de Augusto, ou em seu primeiro dia de escola, teria o mesmo sentido.

Penso, contudo, que não houve propriamente uma previsão. Não foi o aviso de um acontecimento situado em algum momento futuro o que Augusto e seu amigo ouviram naquela noite remota. Essa lâmina só gume e ponta em sua direção, ele a recebeu do vidente. Ganhou-a como se fosse um presente. Desde então, até a hora de ela deixar sua bainha e mostrar sua extensão metálica, a faca o acompanhou. Por três décadas, de um modo às vezes mais nítido, outras mais vago, seguiu seus passos, instalou-se na intimidade dos seus dias e noites. A proximidade da faca, punhal, quem sabe navalha ou estilete, acabou por tornar-se algo seu, tão de sua propriedade quanto seus objetos de arte, suas telas e panôs de arabescos, sua coleção de livros de ioga, as batas orientalizantes. Seus lampejos, indicadores do tempo em uma escala distinta daquela dos relógios, investiram Augusto de um poder, a capacidade de ver sua morte, para dela esquivar-se ou escolher a hora de encontrá-la. Desde então, sentiu-se como se tivesse um pé no outro lado. A sensibilidade excitada pela presença do incorpóreo, fragmento de um mundo mágico, fez que acreditasse em sua capacidade de enxergar aparições e ouvir vozes com mensagens sobrenaturais. Aquilo que falava com ele, a voz que ele atribuía a espíritos e mestres orientais, era dele mesmo, voz da morte incorporada a sua maneira de ser, a sua atração por situações limite, pela margem.

Não acho que os acontecimentos do saguão junto ao pátio interno do prédio de Santa Cecília tenham sido apenas um acidente, momentâneo desvario ou previsível fatalidade. Foram o resultado de uma decisão, associada a uma lucidez exacerbada que o levou a encarar, de peito aberto, a faca voltada em sua direção. Ele quis o enfrentamento. Deliberadamente o provocou. Muitos seriam os personagens literários, arquétipos ou modelos, que se podem associar a um fim desses, a alguém pôr-se frente a frente com sua morte. Prefiro os que se decidem pelo confronto, movidos pela necessidade de resgatar sua identidade, algo secreto, oculto neles, como a galeria de heróis conradianos. Ou então o protagonista do conto de Borges, Tadeu Isidro Cruz, que, no momento da compreensão de seu destino e da necessidade presente em todo homem de acatar o que traz consigo, resolve dar outro rumo a sua vida e passa para o outro lado em um combate, aliando-se ao desertor Martin Fierro. O íntimo destino de Augusto, do qual fugia e se esquivava nas décadas precedentes, era a peleja a faca, que podia ter acontecido em qualquer momento desde a saída da casa do obscuro vidente nos arredores de São Paulo, e acabou por realizar-se no momento escolhido por ele, em sua hora de descerrar um espelho, encarar sua imagem e morrer abraçado a ela.

Vejo-o, nesse momento, pela cega decisão com que rapidamente construiu sua morte, como artista que tenta realizar uma obra impossível. Como se fosse um músico, agitado regente de um coral de gritos e imprecações, gesticulando, de braços abertos. Pintor, a trabalhar em seu último quadro, painel de relâmpagos na paisagem crepuscular, luzes fugidias clareando o abismo em que se atirava. Escritor, autor de um poema sem palavras, feito de sons dilacerantes traduzindo emoções extremas. Ator a encenar com extremo realismo um sangrento ritual iniciático. Xamã, bruxo sacerdotal que se prepara para a caminhada entre os dois mundos, o dos viventes e o dos mortos, e refaz o ritual da perda e recriação do próprio corpo, o percurso pelo tronco da árvore invertida, copa fincada na terra, raízes viradas para o alto, suas ramificações escondendo uma única imagem, a do vazio, do seu pleno e absoluto Nada.

Pouco se falou de Augusto Peixoto após sua morte. Uma ou outra pessoa o mencionou. Duas amigas minhas contaram-me tê-lo conhecido e terem estado em seu apartamento da rua Jesuíno Pascoal. Mas isso como resposta, comentário à leitura de um texto no qual eu o mencionava, um ensaio que publiquei alguns meses depois, em que constavam ele e sua morte. Sua obra sumiu de vista, morreu com o autor. Nunca mais foi exposto em qualquer galeria, museu ou loja de objetos de arte, nem comentado na imprensa.

Acho injusto o apagar-se dos rastros de sua passagem. Seja qual for a qualidade artística que se atribua a seus trabalhos, desde as esquisitices, as miniaturas em cabeças de alfinete da fase inicial e a mão de plástico segurando a mesa do Municipal até seus happenings e performances de latas de tinta jogadas do viaduto defronte ao Parque Ibirapuera, é certo que fez parte de uma modernidade artística, a dessacralização, através de jogos e operações de permuta entre a arte e tudo o que lhe é exterior, desde então instalada em galerias e museus. Ao menos uma parte do que Augusto deixou merecia um convite para essa festa. Porém o melhor e mais importante de sua contribuição artística dificilmente poderia ser exposto e catalogado. Está subentendida em seus traços a avançar sobre faixas brancas, retratos da energia que o animava, da agitação que o levou à movimentação incessante pela vida artística, e entre essa e outras paragens mais periféricas e subterrâneas. A união de mundos antagônicos, que ele também buscava com suas práticas e leituras orientalizantes e, na tentativa final, ao transformar seu corpo em ponte estendida sobre facas.

Junto com a surpresa da morte de Augusto e a tristeza pela interrupção de seu trabalho, lembrei-me do nosso último encontro, à beira-mar, no Clube da Orla, ocasião do diálogo em que recompusemos um painel de cenas, situações e personagens que acabaram se transformando em trechos de um poema. Havíamos falado da vida, nossa e de gente a quem conhecíamos. Mas a morte também estava em nossa conversa e no texto que dela resultou. Implícita, negro pano de fundo a destacar o brilho da nossa sobrevida. Presente a propósito de suicidas vagando em cidades submersas, afogados a aquecer as mãos nas fogueiras do fundo do mar. Nos personagens da conversa, os que se mataram, que foram mortos, que ingressaram na condição de fantasmas. No próprio Augusto, a quem via pela última vez e de quem me despedi acompanhando-o até a entrada do clube, esboçando-o no texto como fantasma a dissolver-se em uma névoa da maresia.

Massao Ohno se dispunha a publicar mais um livro meu, para sair no começo do ano seguinte. Os poemas, já os tinha prontos. Um dos mais recentes, esse sobre o mar, a vida e a morte, que abriria o livro. Resolvi completá-los com um ensaio. Trataria da linguagem poética e seu poder de antecipar o futuro e transformar a realidade. Invocaria o acaso objetivo, citando precedentes como a noite do girassol de Breton. E também a ambígua antecipação da morte de Augusto em meu poema, como o exemplo mais próximo de como a poesia podia ser profética. Detalhe sombrio em um livro solar, escrito em boa parte à beira-mar, completando alguns dos poemas sob um sol de praias da Bahia. De André Breton, tirei a epígrafe e o título do livro a ser publicado: *Jardins da Provocação.*

10

Ferido por uma paixão mal resolvida por Salvador Dali, Federico Garcia Lorca exilou-se em Nova York de 1929 a 1930. Lá, em um ambiente tão diferente de sua Andaluzia natal e da Madri que o acolhera, teve a experiência de estranhamento que deu origem ao *Poeta em Nova York*. Poucas vezes alguém delirou com tal intensidade, ao ver

> *o sangue que vem, que virá*
> *pelos telhados e terraços, por toda parte,*
> *para queimar a clorofila das mulheres loiras,*
> *para gemer ao pé das camas ante a insônia dos lavabos*
> *e esfacelar-se em uma aurora de tabaco e baixo amarelo.*

Sua voz ressoava com a força dos profetas:

> *Nova York de lama,*
> *Nova York de arame e de morte.*
> *Que anjo levas oculto na face?*
> *Que voz perfeita dirá as verdades do trigo?*
> *Quem o sonho terrível de tuas anedotas manchadas?*

Obra central de Garcia Lorca, *Poeta em Nova York* levou-o a comentar (em uma carta a Jorge Guillém) a surpresa ao ver-se a escrever poesia surrealista; logo ele, que sempre se quis apolíneo, defensor de uma criação cerebral, opositor da escrita automática. Mas não é exclusiva do surrealismo a experiência da criação como ditado, do poeta como veículo de um trânsito da palavra, tão bem descrita por Octavio Paz em *Os Filhos do Barro*:

O poeta desaparece por trás de sua voz, uma voz que é sua porque é a voz da linguagem, a voz de ninguém e de todos. Qualquer que seja o nome que demos a essa voz — inspiração, inconsciente, acaso, revelação — é sempre a voz da alteridade.

Outros também aproximam a criação literária da experiência mística, como Jacques Derrida, em *A Escritura e a Diferença*: *ser poeta é saber abandonar a palavra. (...) é só estar lá para lhe dar passagem, para ser o elemento diáfano da sua procissão: tudo e nada.*

Isso pode parecer um retorno a Platão, a entender o real como reflexo de entidades lingüísticas transcendentais e a criação como sua transmissão. Em uma versão mais plausível, é a tese de que a linguagem antecede e constitui a percepção e o conhecimento. Portanto, preexiste mesmo ao sujeito, a seu emissor. A diferença com relação ao platonismo e suas derivações e extensões, Gnose, hermetismo, Cabala e as idéias que transparecem nos enredos e na argumentação de Jorge Luis Borges, está em eu não afirmar que o sentido dos signos está em um céu intangível, um Pleroma povoado por arquétipos ou deuses. O sentido da linguagem é produzido pelo homem. Somos os arqueiros, os que lançam as flexas de Apolo e escolhem a direção de seu vôo. Os signos e seus significantes, seus envoltórios sensíveis, são criados pelo trabalho humano, tanto quanto as edificações de uma cidade, e o tecido social costurado por ambos, linguagem e cidade. Uma vez construídas ruas, praças e prédios das cidades — não as imaginárias, porém esta aqui, que me rodeia enquanto escrevo —, por mais que venham a ser destruídos e refeitos, sempre determinarão nosso movimento, as direções de nossos passos. É assim também a cidade dos signos, laboriosamente erigida e refeita ao longo da História. Mas com uma diferença: é possível sair da cidade ao encontro da ilusão de um mundo natural, campo ou praia, fronteira com o infinito. Mas da cidade dos signos não há saída. Suas paredes são as do labirinto móvel que o homem construiu para si. Das parábolas pessimistas sobre a condição humana em Borges, uma das mais importantes é a do Minotauro: Astérion, habitante do labirinto, percebe a chegada de Teseu, seu executor, como libertação.

Michel Foucault, em *As Palavras e as Coisas*, mostra que na *episteme*, a configuração do conhecimento que prevaleceu até o século XVI, a linguagem tinha uma relação analógica, mágica, com seus objetos. Essa relação permanece na literatura, reduto de seu uso não instrumental, que *durante todo o século XIX e em nossos dias ainda — de Hölderlin a Mallarmé e a Antonin Artaud — (...) formou uma espécie de "contradiscurso"*. A referência a Hölderlin e Artaud, que estagiaram na loucura, é significativa. O louco, diz Foucault, é o *jogador desregrado* que julga, *a cada instante, decifrar signos*. Por isso, *a poesia se encontra frente a frente com a loucura na tradição ocidental moderna.*

Grandes momentos do encontro entre poesia, loucura e magia são retratados em um texto como *Nadja*. Lá estão dois jogadores desregrados. Praticam a voraz decifração de signos, sem noção de limite. E a cidade lhes vai dando respostas. Mas essas respostas são cifradas, novos enigmas: mão de fogo, chafariz, janela vermelha, praça... Revela-se ocultando-se, nesse e em tantos outros textos poéticos: cidade pentagrama, cidade-mulher-presença, cidade-apocalipse...

* * *

No ensaio que então escrevi e publiquei em *Jardins da Provocação*, queria nada menos que esclarecer a relação entre poesia e realidade, entre signos e seus significados.

Comecei relatando o episódio que teve seu início na Feira de Poesia e Arte, descrevendo-a. Mas, nas cinco dezenas de páginas seguintes — páginas grandes, além do mais, impressas em corpo pequeno — argumentei como se meu interlocutor invisível fosse um professor de teoria literária ou estudioso da linguagem. Citei leituras de semiologia e estruturalismos afins para argumentar que, na poesia, o futuro é revelado. Isso, de dois modos. Um, no plano do macrocosmo, dos grandes acontecimentos históricos, como nas antevisões da modernidade da poesia romântica, ou quando William Blake desenha utopias ao falar das sociedades democráticas que começavam a se instalar. Ou — o principal exemplo contemporâneo — os poemas da geração *beat*, como *Uivo* de Allen Ginsberg, relato das aventuras de um núcleo reduzido de rebeldes dos anos 40, anunciando sua explosão, até se tornar o movimento que marcou uma época, o tempo das rebeliões juvenis e da contracultura dos anos 50 até os 70 ou, quem sabe, até hoje.

Outro modo de relação entre poesia e futuro acontece no microcosmo, na vida imediata. É o acaso objetivo de sonhos e escritas automáticas, textos que parecem ditados por vozes desconhecidas que se tornam poemas marcando encontros futuros. *Campos Magnéticos* — tomei esse título ao pé da letra. Afirmei que os fenômenos provocados pelos signos em liberdade são o resultado de suas propriedades magnéticas.

E por que não ver os signos como dotados de energia, de cargas e campos magnéticos? Significantes agrupando-se e afastando-se, atraindo-se ou repelindo-se, assim como se organizam corpos imantados, partículas do átomo e elementos da química, dotados de valências que determinam suas reações e composições, relações de afinidade, antagonismo ou tranqüila neutralidade. Os cartazes anunciando carvão de lenha diante de Breton e Soupault, como se houvessem escapado do livro há pouco terminado.

A polissemia, ou pluralidade de significados, seria então uma propriedade natural dos signos, permitindo-lhes relacionar-se uns com os outros, por suas correspondências, afinidades e incompatibilidades. Imaginei-os movendo-se em um espaço — algo parecido com esses espaços de muitas dimensões da Física moderna. Sugeri uma mudança dos referenciais equivalente à passagem do mundo tridimensional, a realidade sensível de coordenadas cartesianas e geometria euclidiana, para as geometrias pós-euclidianas, *n*-dimensionais. Uma dessas dimensões (e aqui também tomei emprestadas idéias das ciências exatas) seria o tempo. Então o signo poderia mover-se no tempo, ultrapassando seu emissor. Isso, não só pela produção de enunciados evidentes, trivialidades como *amanhã vai chover* representando a quantidade de futuro incorporada a nosso presente, mas pelo avanço para o desconhecido nas profecias, no acaso objetivo e tudo o que pertence à ordem do mágico, na escala que vai desde o espantoso, desde o modo como foi escrito *A Vision* de Yeats, até o que passa por coincidência.

Minha intenção não era substituir disciplinas ocultas por uma semiologia, porém o contrário, fazer que acontecimentos misteriosos e campos obscuros do saber servissem para entender a linguagem e sua relação com a realidade. Não pretendia, nesses paralelos com a física e química, que signos pudessem ser corpos sólidos; não os confundia com substâncias, porém apenas queria chegar ao esboço de uma possível teoria.

Estimulava-me a idéia da linguagem como algo exterior ao sujeito, da criação literária como um ditado, transmissão de conhecimento provocada, não pela disciplina, porém pela desordem, alcançando a revelação pela revolução, pelo desregramento dos sentidos. Não anotei essas idéias apenas por tê-las lido e adotado. A criação poética como transmissão de algo preexistente fazia parte da minha experiência. O poema à beira-mar e outros, havia-os escrito como se as frases viessem a mim.

Qualquer que fosse o imaginário professor ou estudioso de teoria literária e semiologia a quem me dirigi, apresentando-lhe modelos do signo e da linguagem, dele não obtive resposta. Ao ser publicado *Jardins da Provocação*, leitores e alguns resenhistas gostaram dos poemas mas reclamaram do ensaio, que, por um acréscimo de provocação, eu havia inserido no meio do livro e não em seu final, perturbando a leitura dos poemas.

Provavelmente tinham razão. Verificar como o surrealismo e sua absorção da magia e do delírio contribuem para a compreensão do signo é insistir em uma discussão que não se encerrou. Mas propor um novo modelo teórico já era querer ir longe demais. Não reparei então em uma contradição desse projeto, uma confusão entre a parte e o todo, praticada também, diga-se de passagem, por representantes daquela euforia com os avanços e possibilidades das ciências do signo nos anos 60 e 70. A parte (um código especializado, uma disciplina científica) não pode abarcar o todo (a linguagem em sua plenitude, na totalidade de seus possíveis usos e manifestações). Devia ter percebido isso ao ler *As Palavras e as Coisas*, invocado em apoio de minhas teses, mas onde Foucault insiste em que a lingüística, semiologia e demais ciências humanas fazem parte da nossa *episteme*, da atual configuração do saber. Eu convocava a linguagem transitiva, instrumental, para falar da linguagem intransitiva, não-instrumental: um procedimento com todas as chances de não sair do lugar ou de voltar ao ponto de partida. Se a linguagem plena é a que está à margem, presente na fala dos místicos, bruxos, loucos e poetas, então é para lá que eu deveria ir, falando a partir da margem, recusando a topologia traçada pela sociedade. Teria que emitir a voz dos que estão fora, e não criticar o discurso pela linguagem discursiva. Em vez de discorrer sobre a ruptura, devia praticá-la. E a praticava, ao publicar um livro de poemas, tentativas de um contradiscurso.

Perseguia uma miragem, fogo-fátuo, furtivo por sua própria natureza, arco-íris a afastar-se a cada passo em sua direção. O luminoso ser de que fala Foucault no final de *As Palavras e as Coisas*, ao anunciar o fim da separação entre imaginação e realidade, o sujeito e seu mundo exterior: *o sinal de que toda esta configuração se vai agora desvanecer e que o homem está em via de desaparecer, à medida que brilha cada vez mais intensamente em nosso horizonte o ser da linguagem.*

Anúncio apocalíptico de uma plenitude ou de um vazio.

11

Na pausa entre pancadas de chuva, abrindo caminho na umidade oleosa de um verão de dias sombrios e quentes no início de 1982, consegui chegar à Livraria Cultura, na Avenida Paulista. O conforto do espaço de estantes entre vidraças, contrastando com o mau tempo do lado de fora do conjunto comercial, dava-me a sensação de estar em um refúgio do desconforto urbano.

Pedi *Orientação dos Gatos* de Julio Cortazar. Mas os recém-lançados contos do argentino ainda não haviam chegado à livraria. Enquanto o balconista garantia que não deixaria de avisar-me assim que os recebesse, desenhava-se em minha mente outro nome de livro

... um verãò de dias sombrios e quentes no início de 1982, consegui chegar à Livraria Cultura, na Avenida Paulista.

e de autor. Fiz o pedido como se repetisse o ditado de uma voz a sussurrar um recado: *Compre **O Oculto** de Colin Wilson. **O Oculto** de Colin Wilson!* Meses antes, havia lido uma nota sobre o lançamento do livro do ensaísta e ficcionista inglês, iniciando uma nova coleção de obras sobre magia e ocultismo. A informação, desde então esquecida, saiu de algum arquivo da memória na manhã abafada e chuvosa de janeiro.

Em breve leria *Orientação dos Gatos* — o nome escolhido para a edição brasileira, aproveitando o título do primeiro dos contos do livro, protagonizado por um gato, para a coletânea que, no original, chama-se *Queremos Glenda*. Teria a oportunidade de impressionar-me com *Grafitti*, um dos contos, história de duas pessoas que, na cidade sitiada pela opressão e pelo medo, sob a versão extrema de alguma ditadura, resistem ao mostrar que estão vivas através de inscrições, desenhos coloridos nos muros. No entanto, ao escolher *O Oculto*, havia pego uma bibliografia do que estava para acontecer. Talvez desconfiasse disso, pois iniciei imediatamente sua leitura.

Colin Wilson talvez simplifique a história da magia, ocultismo e paranormalidade. Mas sabe argumentar com o leitor, convidando-o a partilhar sua fascinação pelo tema. Entre suas qualidades, a de não ser sectário e não fazer proselitismo. As evidências em favor das principais teses do ocultismo não o levam a querer a conversão a seitas e doutrinas. Afirma que, *em um sentido básico, minha posição continua imutável: ainda considero a filosofia — a busca da realidade através da intuição, auxiliada pelo intelecto — mais relevante, mais importante que as questões do "ocultismo"*.

Para ele, magos, videntes e profetas são aqueles em quem desperta um sentido arcaico, adormecido no homem civilizado, cuja raiz está no instinto de orientação dos animais migratórios. E dos gatos: *na cidade portuária alemã de Wilhelmshaven, um grupo de cientistas colocou vários gatos dentro de um saco. Deram longas voltas de carro pela cidade, e depois soltaram os bichos no centro de um labirinto com vinte e quatro saídas. Em sua maioria, os gatos dirigiram-se imediatamente para as saídas que ficavam na direção de suas casas*. Havia feito uma substituição de livros, o título de um deles no interior do outro.

A orientação dos gatos é ancestral do sexto sentido, da faculdade capaz de precipitar acontecimentos que parecem determinados por vontades desconhecidas. Entre eles, as coincidências do dia-a-dia, como as vividas pelo próprio Colin Wilson ao escrever *O Oculto*: *Certo dia, enquanto eu procurava uma informação, um livro efetivamente caiu de uma estante, abrindo-se na página exata. E alguns pormenores de informações necessárias se revelaram com uma presteza que, por vezes, me deixou nervoso. Depois de algum tempo, eu me acostumei, e comecei mesmo a sentir um leve ressentimento quando alguma informação me tomava mais de dez minutos, mais ou menos, para consegui-la*. Algo semelhante, descobriria logo, à compra e imediata leitura daquele livro.

O sexto sentido é estimulado pelo desejo do conhecimento, de ir além da banalidade do cotidiano, percebendo novos sentidos no mundo. O mesmo desejo que impulsiona a criação artística e a inspiração poética. Por isso, confundem-se episódios de criação e acontecimentos que parecem sobrenaturais, em vidas de escritores transformados em personagens, autores, não só de seus livros, porém de suas biografias marcadas por episódios fantásticos. Entre outros mencionados por Wilson, o dramaturgo August Strindberg, com sua complexa mistura de misticismo, paranóia e aguda intuição. E o romancista John Cooper Powdis, capaz de prever o futuro, descrever acontecimentos distantes, e até transportar-se, aparecer em lugares diferentes na mesma hora. Há ainda Robert Graves, a quem Wilson conheceu pessoalmente: poeta e autor de narrativas históricas como *Eu, Claudius Imperador*, Graves escreveu uma obra hermética que lhe foi revelada, dando-lhe a impressão de ser ditada por uma consciência sobrenatural, *The White Godess*, A Deusa Branca. É a decifração de um alfabeto druídico, código com as chaves do culto à deusa lunar, divindade tutelar do conhecimento poético e da intuição, regente do mundo noturno, mais propício à aparição do invisível, do apagado pela claridade solar.

Quem não podia deixar de comparecer em *O Oculto* é Yeats, merecedor de um duplo interesse, pela estatura literária e por ter sido, na modernidade, ou desde que magia e conhecimento deixaram de se confundir, o mais importante escritor iniciado, membro de seitas. Na juventude, Yeats freqüentou sessões espíritas, pesquisou casas mal-assombradas e simbologias tradicionais, e se aproximou de Helena Blawatsky, a criadora da Teosofia. Aos 25 anos, associou-se a uma seita, a Ordem da Aurora Dourada, na qual se tornou alto iniciado. A Aurora Dourada acabou entrando para a história da literatura por tê-lo entre seus filiados, junto com celebridades como o mago negro Aleister Crowley, que se denominava "besta do apocalipse", e que também tangenciou a crônica literária por causa do interesse de Fernando Pessoa em conhecê-lo. Além da ligação de Yeats com a Ordem, Wilson menciona *A Vision*, esse pesado delírio metódico recebido em transe por sua mulher, aplicação de numerologia de base cabalística à tipologia.

O vínculo de Yeats com o ocultismo, maior que o envolvimento ocasional de outros escritores, leva a indagar sobre o sentido de sua obra. O que ele queria dizer com versos como estes?:

Procurai aquelas imagens
Que constituem a terra bruta,
O leão e a virgem,
A criança e a prostituta. Uma águia voando
Achai no meio do ar,
Reconhecei as cinco
Que fazem as Musas cantar.

Já vi essas imagens e símbolos em outros lugares. Nas cartas do Tarô (o arcano 11, a Força, um leão acompanhado de uma mulher, ou o 14, a Temperança, uma virgem), em tratados de alquimia. Será esse um poema hermético, cujo sentido só se abre para o iniciado? Ou terão as imagens um valor autônomo que independe da simbologia? Recentemente, chegou-me às mãos um ensaio mostrando como Yeats transcrevia símbolos do Tarô utilizado pelos adeptos da Aurora Dourada. Mas ele não se via apenas como adaptador do ocultismo, embora seja inegável o crescimento em densidade e beleza de seus poemas, à medida que ia se aprofundando nos graus de iniciação da Aurora Dourada e da ordem esotérica que ajudou a formar depois, a Estrela Matutina. Foi na maturidade, com mais de 50 anos, que se tornou um poeta maior, universal, e não só um expoente do nativismo irlandês. *A Vision*, o tratado que até hoje resistiu a tantas interpretações, pode mesmo não ser decifrável, a não ser como mensagem para o próprio Yeats, anunciando sua plenitude como poeta e visionário, arauto de um fim dos tempos ou de um recomeço, autor da elegia do século XIX destruído pela modernidade, ou profeta das catástrofes vindouras.

Há outras histórias de escritores relacionados com o ocultismo no livro de Wilson, como as do final do século XIX na França. Fim de século varrido por um sopro de loucura que sacudiu o ambiente literário com mesas que se mexiam, aparições, transes, visões, curas e profecias, doutrinas contendo leis ocultas do Universo, vindas da Antiguidade para alguns, da Eternidade, morada de arcanos imemoriais, para outros.

Essa mistura de mistificação e revelação, vinda de muitos lugares (mesas móveis e as primeiras médiuns são americanas, a Teosofia de Blawatsky aportou na Inglaterra trazida da Índia) desaguou em círculos literários parisienses. Um dos mais ilustrativos episódios transcorridos entre o salão literário e o laboratório de magia foi o duelo de bruxos, mobilizando invocações e pedras mágicas, em que se envolveu Stanislas de Guaitä. O autor de *A Serpente da Gênese*, que morreu (talvez por isso) aos 23 anos de idade, combatia um grupo encabeçado por um certo Boullan, que celebrava ritos satânicos, missas negras com orgias em igrejas. O acontecimento inspirou a narrativa de J. K. Huysmans, *Là-bas*. Este, assim como Mallarmé e outros simbolistas e pós-simbolistas, integrou uma geração de escritores de quem não se sabe até que ponto foram iniciados ou curiosos, a se apropriar dos símbolos didaticamente expostos por Sär Peladan, por Gérard Encausse, o Papus, autor do *Tratado Elementar de Magia Prática*, e outros companheiros e condiscípulos.

O crescimento do culto à razão, do cientificismo e da crença em um modelo mecânico de mundo teve sua contrapartida na multiplicação dos grupos iniciáticos e das livrarias e editoras esotéricas. Contribuiu para isso o arrefecimento da repressão, o recuo da Inquisição e sua caça às bruxas, a conquista de um grau maior de liberdade de expressão e pensamento. Por isso, a permuta entre literatura e símbolos de outra ordem intensifica-se na Paris da metade do século XIX, quando se conheceram Baudelaire e Elifas Levi, o autor de *Dogma e Ritual de Alta Magia*, e o interesse do poeta pela simbologia do mago acabou por transformar-se em uma poética de analogias e correspondências.

Esse é um paradoxo romântico, encarnado por Baudelaire: modernos, avançados para a época, críticos da sociedade industrial, da emergente massificação, escritores e outros artistas voltavam-se também para o passado e, querendo ir mais longe, para o arcaico. O resgate do mágico era um meio de negar a sociedade que os marginalizava e censurava. Movia-os a atração pelo Outro, uma alteridade de múltiplas faces, uma delas o Oriente imaginário, avesso da vida burguesa. Penso que alguns dos poetas do século XIX, e igualmente de nossa época, vivendo a relação contraditória com a realidade que os cerca, elegeram Orfeu como patrono e refizeram a viagem ao outro lado, a um mundo de sombras e luzes, da morte e sua transcendência. Práticas de magia e ocultismo seriam a réplica moderna da iniciação esotérica nos mistérios órficos da Grécia antiga.

Colin Wilson podia ter ido mais longe em sua exploração da conexão entre magia e literatura. Deveria ter passado pelo surrealismo, examinando o acaso objetivo e as experiências com o sono hipnótico de Breton e seus companheiros, continuadores de românticos e simbolistas. Sabe-se que as leituras de Breton começaram por autores embebidos na magia, como Huysmans, uma de suas predileções, e Sär Peladan. E ainda haveria mais exemplos de comunicação entre o literário e o oculto de que ele poderia servir-se. O de Gustav Meyrink, autor de *O Golem*, um dos aficionados do ocultismo na *belle-époque*, antes mesmo de projetar-se através de obras impregnadas de Cabala e Teosofia. Mas seu objetivo não foi esgotar o tema — isso demandaria um trabalho imenso, enciclopédico — mas discutir o grau de realidade do que é atribuído ao sobrenatural, e propor uma explicação para tudo que não se reduz facilmente à charlatanice, à simples crendice. Nisso, é mais consistente que tantas obras de sucesso nas quais vale tudo, qualquer coisa serve como evidência de uma realidade não explicada pela ciência.

Para chegar a um esboço de teoria, Wilson passa por hipóteses conhecidas, como a das energias cósmicas e forças vitais. A do universo como produção permanente de sentido, de significados captados pela intuição e exacerbação da sensibilidade. E ainda outra, minha preferida, o questionamento do tempo. *A experiência da precognição efetivamente contradiz o que sabemos, ou achamos que sabemos, a respeito do tempo*, diz ele, sugerindo que o tempo pode não ser irreversível, ou que comporta várias dimensões, das quais percebemos apenas uma. Um de seus exemplos é o mundo visto da janela de um trem em movimento: se as pessoas nascessem nesse trem e nele permanecessem por toda sua vida, a sucessão de cenas e etapas da viagem, paisagens que passam e não voltam, seria o tempo. Chega a afirmar que *o tempo não existe — existe apenas um processo.* Se ele fosse um borgeano e pretendesse dar uma dimensão trágica a sua argumentação, bastaria ter acrescentado à imagem da vida e da condição humana como viagem em um trem a de que também somos esse trem, somos parte do que nos contém, reproduzindo o tom poético e pessimista do final da *Nova Refutação do Tempo*: *O tempo é a substância de que sou feito. O tempo é um rio que me arrasta, mas eu sou o rio: é um tigre que me destroça, mas eu sou o tigre; é um fogo que me consome, mas eu sou o fogo. O mundo, desgraçadamente, é real. Eu, desgraçadamente, sou Borges.*

Mas ainda estava nos capítulos iniciais de *O Oculto*. Não havia chegado aos enredos de bruxaria, da Idade Média à *belle-époque*, ou à história das principais doutrinas herméticas ou heréticas, como a gnose. Nem ao épico capítulo dos cátaros albigenses, os gnósticos rebeldes do século XIII heroicamente encastelados no rochedo de Montségur até seu massacre final, no episódio que, pela destruição da documentação, dos textos desses dissidentes, tornou-se lenda, peça recorrente de um imaginário do esoterismo ocidental. Ainda não havia lido a crônica dos alquimistas e sábios da Renascença, como Paracelso, Agripa e John Dee. Nem a do século XVIII, com seus personagens meio magos, meio mistificadores, Saint-Germain, Cagliostro, Casanova, ou dos seus continuadores no século XX, Gurdjieff, Crowley, Rasputine. Tampouco havia percorrido os capítulos sobre memórias do passado, mediunidade e poderes extra-sensoriais, quando recebi o telefonema que podia ter saído do livro.

A voz familiar de Raul Fiker — um dos autores lançados na pretérita Feira de Poesia e Arte — deu-me a impressão de que ele procurava dizer as palavras com clareza, no tom adequado para a notícia de algo estranho e imprevisto.

Foi direto ao assunto:

— Willer, achei um exemplar do seu livro em um sebo.

— De qual dos meus livros?

— *O Dias Circulares.*

— Que bom. Estava mesmo precisando. Acabei ficando sem nenhum, nem para mim, tantos foram os que dei de presente ou distribuí por aí. E onde é que está o livro?

— Naquele sebo da Martinico Prado, você conhece?

— Acho que não. Não me lembro dele, acho que nunca estive lá.

— Fica quase na esquina da Martim Francisco. É como se fosse só uma porta, na entrada de um prédio.

Depois de uma pausa, como se tomasse fôlego, prosseguiu:

— É o livro que você deu para o Augusto Peixoto.

— O quê? Mas que é isso? Que história é essa?

— É, sim. Não estou brincando. Abri o livro e vi a dedicatória que você fez para ele. Alguma coisa como *Para Augusto Peixoto, na proximidade do vórtice*. E você também pôs a data, novembro de 1976.

Aquele exemplar. Aquele que eu havia tirado do caixote de livros aberto sobre a longa mesa de madeira maciça, no calmo começo de noite de um domingo no Teatro Municipal deserto, à luz dos lustres e dos seus reflexos nos vitrais. Raul havia conhecido Augusto. Soube de sua morte. Conhecia minhas especulações sobre a profecia em poesia, exemplificadas pela intromissão de Augusto em meu poema à beira-mar. Não precisávamos perder tempo comentando o espanto que partilhávamos.

— E aí, e então, o que você fez? Pegou o livro? Está com você?

— Não, na hora eu não quis levar o livro. Achei que devia ficar lá, no mesmo lugar em que estava. Entrando no sebo, você vai ver um corredor com três salas, uma depois da outra. Seu livro está bem no alto de uma pilha de outros livros, no chão da terceira sala. É um lugar fácil de achar.

Sem nunca ter estado lá, imaginei a luz amarelada da lâmpada naquela terceira sala, a iluminar o ambiente abafado. Mas continuava a chover e passava das sete da noite. A loja ou depósito de livros certamente estaria fechada. De imediato, nada a fazer, a não ser continuar a leitura sobre forças capazes de impulsionar o oculto até a superfície, o mundo dos fenômenos aparentes. Forças suficientemente poderosas para despertar vocações de místicos, visionários, feiticeiros tribais, magos e charlatões. E de promover, vez por outra, encontros de escritores com suas criaturas, os resultados de sua criação. Encontros semelhantes ao romanceado por Meyrink, do rabino Loew de Praga com o Golem, homúnculo por ele moldado. Libertas ou fugitivas da ordem do simbólico, dotadas de uma indevida concretude, imagens em inesperadas telas erguidas diante do autor, mostrando-lhe seu texto a trafegar em um mundo exterior a confundir-se com o sonho ou pesadelo.

12

Se o dia seguinte não fosse um sábado, dia da disponibilidade, ainda assim sua manhã teria que ser dedicada, nem tanto a certificar-me da descoberta, quanto a examiná-la e tentar interrogá-la. Fazia sol quando saí de casa, mas era uma nesga, breve interrupção na chuvarada. Uma pesada nuvem planava sobre meu destino imediato, negrume visível no horizonte nada distante, a poucos minutos de automóvel e apenas mais alguns se houvesse preferido caminhar. Descer a Rua Frei Caneca até o fim, seguir pela Maria Antônia e Higienópolis, e entrar à direita na Martim Francisco, foi seguir pelo caminho da escuridão crescente, a conferir um ar cada vez mais grave a fachadas de prédios e casas remanescentes, casas que sou capaz de reconhecer uma a uma, e árvores a quem também reconheço, tão poucas a resistir eretas, a exibir sua solitária nobreza. Prédios, casas, árvores, muros e letreiros, traços da fisionomia urbana, sinais, aquela manhã, a conduzir-me até a esquina que me recebeu com suas primeiras grossas gotas da chuva.

Havia chegado a um desses lugares fronteiriços, limbo entre zonas distintas, onde termina o bairro de Higienópolis, com suas árvores na calçada, luxuosos prédios e alguns casarões senhoriais com jardins também sombreados por árvores, e começa o decadente Santa Cecília, ocupado por casas que outrora foram mansões e agora são pensões, pequenas lojas e oficinas agregadas a suas entradas, prédios que já conheceram dias de moradores menos pobres, retratos do que já foi e não voltará a ser — os dois bairros por sua vez encostados à Vila Buarque, região mais noturna e animada que abriga o prédio da Maria Antônia, a antiga sede da faculdade de Filosofia, Ciências e Letras da USP, desalojada e transferida em 1968, depois do confronto entre estudantes que se opunham ao regime militar e ativistas de direita. Zona de encontro de ruas e regiões da cidade, e de uma insuportável densidade de lembranças. Bairro-palimpsesto, pela quantidade do que nele foi construído e destruído, do que insiste em permanecer, do que passou sem deixar rastros.

Da minha esquina podia ver, à direita na Rua Martim Francisco, um prédio de ar decadente com um nome estranho, Edifício Quetinha, gravado sobre a porta de entrada que dá diretamente na calçada, sem jardim, recuo ou amplo saguão. Prédio modesto, feio mesmo antes das pastilhas esverdeadas e esbranquiçadas da sua fachada começarem a cair, expondo seu reboco. Já me perguntei a razão dessa denominação para um prédio, Quetinha: seria o apelido da mãe, avó ou sogra do construtor? Em um dos apartamentos do Edifício Quetinha morou por algum tempo uma amiga e colega de Maria Antônia, Iara Iavelberg. Visitei-a lá antes de seu ingresso na clandestinidade em 1968, e de pouco mais saber dela até a leitura nos jornais da notícia de sua morte em setembro de 1971. Iara era alguém com quem eu conversava, que se tornou amiga de amigos meus, a quem encontrava para irmos a um cinema ou qualquer algum outro lugar. Por suas mãos passaram livros meus, uma edição dos *Manifestos do Surrealismo*, um Wilhelm Reich, algum Octavio Paz, pois seus interesses iam além do curso que fazíamos e de sua atuação como líder estudantil. A publicação de sua biografia pode ter corrigido algo que me incomodava, a imagem estreita que ficou, parecida demais com a fotografia que ilustrou as notícias e comentários nos jornais que por várias vezes trataram de seu fim, do suicídio que teria cometido ao ser descoberta em um esconderijo na Bahia pelos agentes que a procuravam, a ela e aos demais remanescentes da organização a que se ligara. Notas e notícias deixando retratos imprecisos, desenhos incompletos de linhas interrompidas.

Passar por aquele prédio, nunca deixando de reparar em seu nome despropositado e sua crescente decadência, lembra-me que ainda há tanto a ser dito, que deveria falar e tornar públicas verdades que eu nem mesmo saberia enunciar com clareza. Como se palavras refizessem o tempo e reerguessem os mortos, e o texto pudesse restaurar rastros gravados no pó, devolvendo-nos personagens e cenas da animada convivência de estudantes, intelectuais, artistas e políticos da Rua Maria Antônia, que já foi relatada e discutida várias vezes, e de outra animação, mais circunscrita, do nosso grupo de amigos. Acontecimentos que aos poucos se confundem com cenas imaginadas ou sonhadas ao se desfazerem na memória, assim como se desfaz a fachada espectral do Edifício Quetinha, até não sabermos mais do que nos lembramos, de onde vêm as imagens. Já não sei se era noite ou fim de tarde no Paribar atrás da Biblioteca, com suas árvores, estátuas com bustos de escritores, Cervantes, Camões e o agora reintegrado Garcia Lorca sobre gramados cercados por alamedas margeadas pelas fieiras de amarílis, os lírios amarelos. Não sei mais se esse encontro, meu e de Iara, precedeu uma ida à Cinemateca, a outro cinema, talvez ao Cine Coral na Rua Sete de Abril, que então fazia de cinema de arte, a qualquer outro lugar ou a lugar algum, se íamos ou vínhamos, chegávamos ou partíamos, cada um seguindo para seu lado encerrada a conversa, e se isso ocorreu várias vezes ou apenas uma, encontro único agora repetido na memória assim como, quebrado um vidro, cada um dos seus pedaços nos oferece a repetição da mesma imagem. Estilhaços espelhando a multiplicação dos rostos rodeados por mesas e cadeiras de bar, árvores e gramados, de um tempo acabado, perdido, partido.

Mas sei, com certeza, que uma das vezes em que nos encontramos foi única e não se repetiu. Um encontro na escuridão e no subsolo. No salão subterrâneo de um final de galeria da Rua Augusta, sede de sucessivas casas noturnas então convertida em teatro, cadeiras ao redor do tablado que antes servia de pista de dança e agora de palco, onde era apresentado um espetáculo feito de poemas da Geração Beat que eu havia preparado junto com Décio Bar. Iara compareceu junto com os alunos do curso cujo centro acadêmico então presidia, e que havia comprado os ingressos daquela sessão do espetáculo que falava de uma literatura americana contemporânea, matriz de uma rebelião. Que talvez falasse ou ainda viesse a falar de nós. Suspeitávamos disso? Era o que nos prendia a atenção enquanto ouvíamos os atores dizendo os versos iniciais do *Uivo*, de Allen Ginsberg? *Eu vi os expoentes da minha geração destruídos pela loucura, morrendo de fome, histéricos, nus...* Ou então em seu apoteótico final: *Mentes! Amores novos! Geração louca! jogados nos rochedos do Tempo!* São nossos, agora tenho certeza, o uivo e mais o gesto inútil que repetimos ao insistir que não, não, não pode ser, é absurdo e injusto que se percam amizades, talentos, sensibilidades, expoentes da minha geração tragados por fraturas do real, pelo suicídio, pela loucura, pelo assassinato político, pelos desastres mais esperados ou imprevistos, levando consigo pedaços do que mais mereceria ser preservado, a amizade e a cumplicidade de pessoas que são capazes de se encontrar no fim da tarde em um bar atrás de plátanos, jacarandás, ipês e tipuanas que continuam aí, na mesma praça, guardando reflexos em estilhaços da memória, escondidos em sua densa sombra ou soterrados entre suas raízes.

Dobrar à direita logo depois do Edifício Quetinha e seguir pela Martim Francisco é passar por um trecho estranho da cidade, uma zona religiosa. Vê-se uma edificação com um ar desamparado de galpão abandonado, letras gravadas no reboco descascado permitindo ler um nome, Editora Virgem Maria. Adiante, um prédio mais novo, sede atual da mesma editora, da qual a construção ao lado passou a ser depósito e garagem. A seguir, alcançando e dobrando a esquina da Rua Jaguaribe, a longa fieira de janelões de antigas dobradiças de um colégio, dos claretianos, com sua igreja. Do outro lado, no mesmo trecho da Martim Francisco, um exemplo do pior em nome de qualquer religião, culto ou divindade, uma das sedes da TFP, a Sociedade Tradição, Família e Propriedade. É a mais visível das instalações dos nossos integristas radicais, nostálgicos de uma ordem absolutista, que também ocupam outros imóveis de Higienópolis e, à noite, muitas das mesas de seus restaurantes, vultos de ternos escuros e cabelo de corte militar, inconfundíveis mesmo se não portassem o distintivo heráldico. O casarão ostenta uma vitrina com uma estátua da Virgem Maria, a imagem instalada na réplica de altar na fachada como se olhasse para seu nome gravado na ruína em frente, sempre flores a seus pés, velas acesas e militantes ajoelhados na calçada. As laterais do casarão da TFP e do Edifício Quetinha encontram-se em ângulo reto, formando um quadrado ou retângulo completado pelos segmentos de calçada das duas ruas. Quadratura ou composição de símbolos antagônicos, a sede do fanatismo que

... atrás de plátanos, jacarandás, ipês e tipuanas que continuam aí, na mesma praça...

se quer presente e atuante cruzando com a morada da mulher impelida para a morte por sua vontade de mudar o mundo.

Lembro-me bem de como dei voltas por ali naquela manhã. Na primeira tentativa de localizar o sebo, errei a direção, entrei à esquerda na Martinico Prado, apenas por alguns metros, o suficiente para verificar que havia um barzinho, um enorme e eclético restaurante com toldos e terraço, umas casas do começo do século, nada que se parecesse à entrada descrita por Raul Fiker. Ao corrigir a rota e voltar, a tempestade desabou com força total, cortina de água a encobrir-me a visão. Não era hora de tentar localizar uma porta, mas de correr da chuva. Atravessei a rua para chocar-me com um muro invisível, meus passos detidos por uma barreira de perfumes de flores e cheiros de velas, os cheiros da entrada da sede da TFP que senti antes de enxergar a vitrina com o altar da Virgem e o terno escuro e cabelo à escovinha do militante ajoelhado em vigília sob um guarda-chuva aberto, devoto imóvel a compor um velório sem mortos em plena calçada, mostrando-me que naquela direção não encontraria o que buscava. Outra vez dei meia-volta, dobrei a esquina e retornei à Martinico Prado. Abriguei-me sob a pequena marquise de entrada do Edifício Quetinha. Ao percorrer o outro lado da rua com o olhar, fixei-o na fachada de um prédio mais recuado da calçada. Acabei enxergando, estreita e escondida, a porta com um letreiro dizendo que lá se vendiam livros. Finalmente, o objeto da minha busca. Merecia mais uma corrida, atravessando a enxurrada que já descia pela Martinico Prado.

Sebo — usada assim, genericamente, para designar onde se vendem livros de segunda mão, a palavra acaba por abranger lugares diferentes, desde alfarrábios, lojas de especialistas onde se encontram preciosidades, vendedores de edições históricas e antiguidades, das bibliotecas completas de eruditos, passando por toda a gama de belchiores e buquinistas, até as portinholas e barracas onde qualquer coisa comprada ao preço do papel velho está à venda. Esse da Martinico Prado ficava em um suspeito nível intermediário entre o ponto de bibliófilos, pesquisadores e colecionadores maníacos, e o armazém de inutilidades. Sua duração foi efêmera. Substitui-o hoje uma loja de discos usados, seu equivalente sonoro, acordes musicais no lugar das palavras, mantendo a fidelidade do exíguo corredor com três saletas ao comércio dos signos devolvidos.

Entrar lá foi cruzar uma soleira entre luz e sombra, ruído e silêncio. Sensação de iniciar a exploração de uma caverna. Ficaram para trás, convertidas em evocações de uma realidade remota, a rua e suas fachadas familiares, o rumor de pneus sobre poças d'água, chuva despencando sobre telhados, marquises e toldos, vento agitando as árvores, ruídos urbanos substituídos pelo silêncio das pilhas de livros na intemporalidade de não haver mais sol ou chuva, noite ou dia, horas mais tranqüilas ou agitadas por um tráfego de automóveis ou pedestres — mais nada, a não ser uma quietude de fascículos, obras encadernadas, edições de bolso, apostilas, separatas, folhetos, catálogos, revistas, antiguidades, velharias e novidades empilhadas pelos cantos, ao longo das paredes, no meio das saletas, pelo corredor, em prateleiras de estantes, sobre mesas, cadeiras, banquetas e caixotes, obedecendo a uma ordem puramente espacial que anulava seu conteúdo. Era como se a biblioteca universal de que fala Borges tivesse sido desarrumada, virada pelo avesso, desmanchadas as catalogações e ordenações por assuntos, autores, épocas e áreas de interesse, instaurando o caos no conhecimento, submetendo os textos a uma caprichosa lógica da desordem. Um lugar onde nada poderia ser localizado e tudo poderia ser descoberto, em que todas as surpresas seriam possíveis.

Enorme, cabelos brancos, sentado à mesa da primeira saleta, a cabeça pousada sobre os braços cruzados, roncava suavemente o dono do sebo, um velho italiano em um sono induzido pela hipnotizante imobilidade das desordenadas coleções espalhadas pelo ambiente crepuscular por ele criado para guardá-las. Talvez sonhasse, e em seu sonho vagasse pelos espaços intemporais imitados por sua loja. Passei direto pelo ogro guardião. Sabia o que procurava, o que viera fazer ali. Não me detive a examinar montes de amostras de tudo, incompletas coleções encadernadas de clássicos, romances de páginas amareladas salvas das traças, manuais escolares de gramática, química ou física desmanchados pelo uso, suas lombadas descosturando-se, livros de poesia em edições do autor. Nenhum dos volumes escapados da transformação em aparas e papel reciclado, nenhuma edição da década de 40 dos *Lusíadas*, exemplar de série de fascículos de filosofia ou conhecimentos gerais, coletânea dos poemas de Castro Alves, romance brasileiro dos anos 50, história de escândalo americana que não chegou a best-seller, pornografia meio ingênua da década anterior, edição infanto-juvenil com letras enormes e ilustrações coloridas, nada disso interrompeu a travessia de alguns metros de calor úmido que não havia sido removido pela tempestade na distante calçada logo em frente com seus trovões e ventania agora remoto ruído de fundo, uns poucos passos até a familiar capa de traços vermelhos à espera no topo da primeira pilha da terceira sala.

Reli, mais de cinco anos passados desde que a escrevi, a dedicatória na folha de rosto do exemplar então retirado do pacote recém-trazido da gráfica: *Para Augusto Peixoto, na proximidade do vórtice, Claudio Willer, novembro de 1976*. Proximidade do vórtice — eu me referia ao que estava para acontecer, ao resultado do ajuntamento de pessoas e obras que havíamos convocado para a Feira de Poesia e Arte. O formato da capa também permitia a comparação com o vórtice, o rodamoinho de traços circundando o título, meu nome, meu retrato e o símbolo do Tao no centro. Mas podia muito bem ter repetido uma profecia anterior, sua queda sobre facas anunciada há tempos.

Ainda folheei o livro. Procurei alguma anotação, um rabisco, qualquer coisa que servisse como pista, rastro nos caminhos percorridos desde novembro de 1976. Mas não havia mais nada além do impresso. As páginas estavam limpas. Por seu estado, parecia que Augusto o havia lido apenas uma vez, antes de encaminhá-lo à estante. Não acredito que o tivesse vendido, nem que um de seus hóspedes ou visitantes o tivesse pego. O mais provável era a família ter-se desfeito de seus livros, vendendo-os ao sebo mais próximo, no mesmo bairro. Estranho não ter achado, nas pilhas circundantes, exemplares de suas iogas e espiritualismos, nem outras edições autografadas de escritores seus conhecidos. Meu livro certamente repousou, soterrado por outros volumes, por mais de um ano, do final de 1980 até aquele começo de janeiro de 1982. Uma das periódicas arrumações, dos reordenamentos da desordem promovidos pelo dono daquilo, havia feito que subisse ao topo da pilha para que Raul Fiker o encontrasse.

Alguns escritores sentem a descoberta de uma obra sua em um sebo como derrota, sinal de indiferença dos leitores a torná-los descartáveis. Também pode ser motivo de satisfação, por permitir reaver um exemplar da edição esgotada. Ou de espanto, como o que eu sentia diante de um sinal igual às provas recebidas pelos xamãs, os bruxos tribais, mostrando que sua disciplina, os prolongados jejuns, os dias de permanência no gelo siberiano ou no calor extremo lhes deram o domínio sobre o tempo, o poder de transitar entre o mundo dos vivos e dos mortos. Indício da revelação do místico ao erguer-se a ponta do véu, dando acesso a um grau superior do conhecimento. Do nigromante, ao invocar e fazer aparecer diante de si um anjo, demônio ou espírito de um morto.

O Aleph, de Borges. Foi nisso que pensei, foi a imagem que primeiro me veio à mente. Talvez o corredor e a seqüência de quartinhos do velho livreiro italiano evocassem a descida ao porão do literato Danieri na paródia borgeana da revelação lida há muito tempo, deixando a lembrança de nela também haver ambientes claustrofóbicos, atmosferas abafadas, sensação de invadir subterrâneos, surpresa diante de um ponto de cruzamento de dimensões do tempo. Poderia ter-me lembrado de outros símbolos e imagens literárias. Dos episódios do acaso objetivo. Das histórias de escritores atravessando fronteiras e agindo como se fossem bruxos, como as relatadas por Colin Wilson, no livro que estava lendo. E também do Golem, na adaptação de Gustav Meyrink, nas lendas judaicas que inspiraram o escritor austríaco, ou até nas versões originais da Cabala e do hassidismo. No *Sepher Jetzirah*, livro que está na origem da Cabala, o Golem é um texto, e não o homúnculo ou gigante, a criatura animada pelas letras gravadas em sua testa que, nas lendas a partir do século XVII, no livro de Meyrink, nos comentários, no poema de Borges, adquire vida própria e escapa ao controle de seu criador, o Rabino Loew da Altenueschule, a sinagoga de Praga, até ser capturado, trancafiado em um cubículo sem portas e finalmente destruído, ao ser apagada a inscrição cabalística gravada em sua testa. Texto ou ser no qual foram escritas palavras mágicas, símbolos equivalentes do livro que saiu das mãos do leitor e retorna ao autor, como se quisesse dizer-lhe algo, acréscimo ao já impresso. Como se quisesse transmitir a mensagem de que eu deveria continuar, prosseguir na investigação sobre o signo e o poder profético da linguagem, examinada em meu ensaio e desde então deixada de lado.

Perdera o direito à dúvida, a achar que havia desperdiçado esforços com inferências e associações arbitrárias. Sucedendo-se assim, meu ensaio e aquela descoberta indicavam invisíveis conexões, trechos de um enredo que deveria tentar reconstituir, como o arqueólogo que refaz a história de um povo a partir de fragmentos, restos de utensílios, cacos de cerâmica, pedaços de ferramentas, ossos, fiapos de vestimenta, uma ou outra inscrição, escombros e alicerces de antigas moradas e palácios.

Sentia uma pressão nos ouvidos acompanhada de um zumbido, como na entrada de uma caverna ou na brusca mudança de altitude de uma descida de serra. Não hesitei muito entre levar o livro ou deixá-lo onde o havia encontrado. Repeti o gesto de Raul Fiker na véspera, devolvendo-o à pilha, nem tanto por um temor supersticioso, sensação incômoda de me apropriar de objetos dos mortos, como se retirasse os pertences de um jazigo. Não apenas os cemitérios assim demarcados — Araçá, Consolação, Gethsemani, Vila Formosa — guardam nossos mortos. Estão por toda parte. Metrópole, necrópole — a cidade é o cemitério em toda sua extensão. Signos da morte acumulam-se, acumulavam-se lá mesmo, o que havia sido de Augusto e de tantos outros ausentes, possíveis desaparecidos. Sair dali era continuar no âmbito da perda e da morte. Na calçada em frente, o Edifício Quetinha. Alguns metros adiante, os celebrantes do velório do absolutismo e da heráldica. À frente, um caminho entre sobras de casarões, arquitetura soterrada por uma modernidade que logo iria curvar-se ao avanço de outros estilos, hábitos e personagens, passando por cima do que encontrassem, deixando também seus rastros, compondo uma escrita medindo a passagem do tempo, um texto feito de marcas da morte. As cidades são regidas por Cronos, deus do tempo devorador, não do tempo regenerador dos ciclos da natureza, do sol e da chuva, do frio e do calor. O homem, porém, sobrevive nas cidades, encerrado nas fronteiras da própria morte.

Ainda troquei algumas palavras com o velho italiano que havia saído de sua modorra, antes de partir sem olhar para trás. Sem olhar para o exemplar de *Dias Circulares*, para todas as pilhas de velhas publicações, para a esquina do Edifício Quetinha, da sede da TFP, dos bares e restaurantes, para os casarões outrora aristocráticos e as fachadas *art déco* de Higienópolis, as árvores ainda gotejantes nos jardins e calçadas, os moradores e os fantasmas daquele bairro. Nunca mais tive vontade de retornar àquele lugar, rever meu livro, examinar o restante do seu estoque.

A tempestade havia sido breve. O sol ia reaparecendo, provisória claridade de reflexos nas poças e no asfalto molhado da Rua da Consolação, por onde eu subia margeando seu cemitério, ao voltar para casa sob o brilho iridescente da luz refratada nas gotas que a chuva havia deixado no pára-brisa e no capô do carro, enquanto pensava no texto que continuaria o que já havia escrito sobre o signo e a morte, o tempo e o acaso. Poderia ser um poema em prosa. Suas frases formavam-se em minha mente: falavam do Universo como oceano agitado, em permanente convulsão, atravessado por fluxos e refluxos de maremotos e correntezas, suas negras profundezas povoadas de seres móveis e mutantes, serpentes mordendo a cauda, habitantes de um Cosmos selvagem a descrever círculos regido pelo arbítrio, a ausência de sentido como seu único sentido.

Ou talvez escrevesse um relato, apenas descrevendo aqueles acontecimentos.

Um relato. Então, nele teria que dizer como, ao chegar em casa e passar diante de um espelho no corredor, cristal em sua antiga moldura ovalada, vi-me refletido. A imagem, exceto por sua momentânea palidez, dando a impressão de que, se eu continuasse a me olhar, desapareceria, era idêntica ao retrato circular da capa do livro examinado havia pouco. A imagem devolvida. Única coisa vista ao debruçar-me sobre um abismo e tentar enxergar seu fundo.

13

Eu não podia deixar de falar com você. De procurá-la imediatamente, Ieda. Chamá-la para contar-lhe o que havia acontecido. Juntos, buscaríamos os sentidos ocultos, os sinais de intersecções entre passado, presente e futuro. Para vê-los, bastaria-me olhar seus olhos claros, reverberações metálicas do cinza-azulado fazendo-se de cristais divinatórios. Neles apareceriam inesperadas causalidades, e chaves de enigmas se tornariam evidentes, dispensando qualquer mediação das cartas do Tarô ou do baralho comum, búzios, moedas do I Ching, por mais que você tivesse o acesso a alguns desses instrumentos e dominasse seu uso. Mais importante que um ritual era nossa cumplicidade de amantes que havíamos sido, de poetas que éramos.

Ao encontrá-la, já sabia que cada palavra dita, e até os silêncios do ainda não-percebido, do esquecido ou deixado de lado, ganhariam sentido. Comentei como minhas especulações sobre a poesia, a morte, o signo e o tempo, iniciadas e interrompidas, pareciam uma busca que não levava a lugar algum, até, em questão de horas, cair-me nas mãos o livro de Colin Wilson, atender ao telefonema de Raul Fiker e ter que ir ao sebo da rua Martinico Prado. Se estivesse predisposto às explicações envolvendo o sobrenatural e a existência autônoma de espíritos dos mortos, diria que o próprio Augusto, de seu além-túmulo, acenava, enviando recados para prosseguir.

Não me lembro quem de nós dois mudou o foco do olhar enquanto conversávamos, dirigindo-o de hipóteses sobre inquietos seres sobrenaturais e mãos ocultas para o próprio livro. Esse não havia sido o único acaso envolvendo textos meus. Lembrei-me, ou fui lembrado por você que meus livros, várias vezes, haviam trazido seus leitores à minha presença: poetas, pessoas interessadas em imagens e surrealismo. Desde breves encontros até amizades, muita coisa havia nascido daí. A relação entre o escritor e seus leitores não é inteiramente neutra e impessoal, como se o livro circulasse em um arquipélago de anonimatos, multidão indiferenciada de sombras sem nome e sem rosto, ninguém capaz de romper o isolamento e solidão diante do resultado da criação. Talvez por essa coisa meio provinciana que é a vida cultural, o circuito restrito onde transitam livros de poesia — outros poetas, amigos do autor, conhecidos, alguns curiosos, e pouco, bem pouco do que se convencionou chamar de mercado editorial —, desde a época da Feira de Poesia e Arte leitores destacavam-se da sombra, parecendo responder-me, ajudando-me a ver o que havia feito, permitindo que eu me enxergasse. O Outro projetando-se da galeria de espelhos, engendrando figuras como a de Soninha.

Quando Soninha apareceu, quando passou por mim na praia e me reconheceu antes de eu conhecê-la, antes de nos falarmos naquele encontro em que eu parecia ser impelido em sua direção diante da porta de uma casa de jogos de espelhos, interveio, é claro, seu desejo de conhecer alguém a quem havia lido e com quem gostaria de falar. Queria mostrar-me seus poemas. Mas não era apenas isso, o desejo dos viventes ou a vontade dos mortos, o que nos aproximava e nos ligava, cruzando os fios de um enredo onde nos tornávamos personagens de histórias das quais o livro já não era mais o repositório, porém, por sua vez, um agente a intervir na ação. Haveria qualquer coisa como uma energia armazenada no próprio livro, suas emanações a envolver-nos, a mim e a seus leitores — leitores dele ou meus? afinal, a quem pertencia o texto? quem sou? autor ou personagem do já escrito?

Foi você, Ieda, quem comentou primeiro o formato, aproximação do círculo, da capa dos *Dias Circulares*, a roda do Tao no centro, o retrato, o título, mais que um nome, programação de um movimento ao qual o objeto físico, o próprio livro, não escapava, e que consistia em dar voltas, sair de minhas mãos para retornar trazendo-me leitores.

Nossas frases iam se completando. Um terminava o que o outro havia começado a dizer, em uma sincronia de solistas de músicas a duas vozes, dois timbres fundindo-se na mesma linha melódica, contraponto e harmonia de acordes integrando-se na unidade da composição. De modo semelhante aos poemas que havíamos escrito a dois, agora éramos parceiros na criação de uma história, de como eu

... a roda do Tao no centro, o retrato, o título, mais que um nome, programação de um movimento...

havia preparado um livro-talismã capaz de precipitar acontecimentos, objeto imantado com poderes de atração e repulsão, patuá em que se concentrava energia. No episódio de Soninha, o livro me havia trazido uma leitora interessada em conhecer-me. No de Augusto, desaparecido o leitor, o livro devolveu-se, encarregou-se de completar o trajeto ao retornar a minhas mãos. Das interpretações possíveis, aí estava a que melhor se ajustava a minhas idéias, ao esboço de uma teoria sobre signos com energia própria e campos magnéticos.

Estimulava a interpretação mágica eu estar em plena leitura de *O Oculto*, comprado na véspera assim como poderia ter comprado qualquer outro livro, no qual essa história poderia encaixar-se. Havia acabado de passar pelo trecho sobre Robert Graves, em que são mencionadas as peripécias que precederam a publicação de *A Deusa Branca*. Para Colin Wilson, para o próprio Graves, aquele era um texto magnetizado por seu conteúdo hermético, pela gravidade do que foi ditado a seu autor (autor? copista, tradutor, escriba?). Recusado por três editores, o original de Graves acarretou desgraças a todos eles, levando-os à destruição. Com algum humor negro, Wilson comenta a morte de um desses editores, o terceiro, que se enforcou vestido de mulher. Em uma nota de rodapé, observa que essa modalidade de travestismo é algo raro, mas não impossível. Já o quarto dos editores procurados — ninguém menos que T.S. Eliot, então consultor da Harper & Row — acabou aceitando *A Deusa Branca*, e desde então foi muito afortunado: logo em seguida ganhou prêmios e teve outros êxitos pessoais. Bruxaria pura, embora involuntária, de Graves.

A idéia de uma energia do texto, como o poder inerente a fórmulas e invocações, transmitida a volumes impressos, é antiga e está ligada à tradição mística das religiões. Para os cabalistas, a Torá, o Pentateuco da Bíblia, lido de modo adequado, pode mover o mundo, refazer a Gênese ou precipitar o Apocalipse, promovendo um começo ou um fim. O livro sagrado — por extensão os livros, fragmentos do Livro, estilhaços do Verbo — seria uma metamorfose, por um sistema de permutas, do sentido originário, das palavras fundantes, ditas no momento de criar o mundo. Das leituras e enunciações possíveis, uma delas, a verdadeira, é o nome. O Nome, grandioso e terrível, que vê despertar-se seu poder, seu alcance mágico e teosófico, mostrando o verbo encarnado, a palavra em sua flamejante plenitude.

Nunca achei que havia escrito textos dotados dos poderes dos livros sagrados. Mas, em sua polissemia, no que tinha de aberto e ambíguo, podiam ser microcosmos dessas propriedades, superando a seu modo a barreira entre potência e ato, signo e realidade, representação e acontecimento. Não só pelo conteúdo, o tema do tempo circular a repetir-se em suas páginas, mas pela exterioridade gráfica, também de uma insistente circularidade. E essa não era de minha autoria, eu não havia diagramado o livro. Apenas pedi a Massao Ohno que ele fosse quadrado, e não o costumeiro retângulo, para aproximar-se da simetria do círculo. O restante, o Tao bem no meio, meu retrato oval, os traços vermelhos, foram criações do editor-diagramador, às pressas, às vésperas da entrada dos fotolitos na impressora. Acaso objetivo no modo involuntário, inconsciente, como texto e imagens compuseram um símbolo.

Restava uma pergunta: devia ter apanhado o livro, levando-o, em vez de devolvê-lo a seu lugar? Melhor deixá-lo, concluímos. Que ficasse por lá até encontrar novos leitores e voltar a circular. Pode ser que eu tenha passado pelo novo possuidor desse volume sem que viéssemos a nos reconhecer. Ou antes de nos conhecermos, assim como Soninha por mim na praia.

Completava-se em minha mente a ordem universal em forma de mandala, imaginada aquela manhã ao voltar da Rua Martim Francisco. Universo circular, sim, regido pela recorrência, a volta de tudo à origem. Formado, contudo, por dois círculos. Ou pelo mesmo círculo, mas com uma dupla face, um lado luminoso e outro sombrio. Um circuito da vida, outro da morte, inseparáveis. Os encontros com Augusto e o retorno do livro que lhe havia dado pertenciam ao círculo da morte. Meus encontros com você, Ieda, estavam no círculo da vida. Você também foi trazida pelo livro. Minha leitora antes de nos revelarmos um ao outro, eu bruxo e você sibila a abrir-se em seu leque de personagens, mulher diurna e noturna, vidente e poetisa.

Prendiam-nos laços de uma particular telepatia, mesmo depois de terem-se cerrado as cortinas sobre o espetáculo dos nossos corpos envoltos em nudez sobre os almofadões espalhados pelo chão, presenciado apenas por um negro recorte de prédios estampados contra o janelão da sala, a silenciosa silhueta da cidade agora adormecida, vencida por nosso desejo, reduzida a sombra inerte, imobilizada por nossa lassidão de amantes. A tensão do interrompido, mas não acabado, fazia que a toda hora nos reencontrássemos. Mensagens do inconsciente, respondendo a sinais imperceptíveis, diziam-nos onde estávamos. Aonde me dirigisse — bar mais próximo, lançamento de livro, espetáculo ou festa —, sem saber caminhava em sua direção. Minhas horas e meus percursos pelos dias e pelas noites convertiam-se em encontros com Ieda. Ultimamente, havíamos transformado nossas adivinhações meio telepáticas em jogo para nos entreter quando saíamos. Éramos capazes de escolher, dentre as cantinas e restaurantes para um jantar de domingo, aquele onde encontraríamos alguém que, urgentemente, desejava falar comigo. Certa vez, em casa, ouvia o *Orfeu* de Gluck, que tocava completo no rádio, e resolvi, interrompendo minha audição do resgate de Eurídice, descer à rua para surpreender-me encontrando-a, a passar em frente naquele momento. Uma noite tentava comprar um ingresso de cinema, segundos depois de fechar-se a bilheteria para a última sessão, sem saber que você havia acabado de chegar para ver o mesmo filme. Outras vezes, querendo falar comigo ou pegar de volta algo que havia esquecido, você era capaz de passar diante de minha casa exatamente quando eu chegava, assim poupando-se de estacionar o automóvel. Nós nos antecipávamos um ao outro em gestos, em respostas ditas antes de ser feita a pergunta.

Pergunto-me se não seria essa a história merecedora de ser escrita, mais complexa e significativa, porém mais vaga que a dos meus encontros e desencontros com a morte de Augusto Peixoto. Feita de irrupções do acaso na realidade imediata, mas sob a regência de Eros e Dionisos. Narrativa capaz de resultar em minha possível versão de uma *Nadja* ou *O Amor Louco* — história de amor realizado e de amor interrompido, terminado igualmente em aberto, sem chegar a lugar algum, a não ser à sensação de algo ainda por acontecer.

Talvez a tenha escrito. E ainda a esteja escrevendo em cada uma das frases, imagens, trechos soltos destes capítulos. Através das mulheres e do feminino, de Nadjas, Melusinas, pitonisas e sibilas, videntes ou visionárias, ambíguas hierofantes, foi-me dado o contato com o que se situa além dos limites, a aproximação do indiferenciado, do outro oceânico onde dissolver-me. Esta é a verdadeira maravilha, o verdadeiro sobrenatural — a experiência de, ao nos perdermos um no outro, também nos perdermos no instante, abandonando nossa identidade.

Ou não. Não há o que relatar. Em imagens de poemas já está a condensação de encontros e desencontros, uniões e separações, do que passou e do que acontecerá, mais a crônica de todas as gradações do impossível. Todas as histórias refletidas nos olhos claros de Ieda.

* * *

Este trecho poderia figurar em qualquer lugar do livro. Gostaria dele solto, encarte ou folheto, e que o leitor o inserisse a seu gosto. Serve para deixar mais bem resolvida minha insistência em aproximar Jorge Luis Borges e André Breton, a propósito de incidentes como o do chafariz das Tuileries ou da minha invasão do sebo da Martinico Prado. Nada disso deve ser entendido como identificação de Borges ao surrealismo, ou vice-versa. Não podem servir a uma confusão dessas a fascinação de ambos pelo sonho, nem suas dúvidas sobre a realidade, ou sobre o estatuto de realidade do que nos é dado como tal. Em passagens de sua obra, Borges deixou claras suas objeções ao surrealismo. Para quem achava a realidade anacrônica, repetição piorada do Mesmo, explica-se a pouca simpatia pela idéia de um movimento de vanguarda aliado à transformação revolucionária da sociedade. Também são antagônicos na relação entre literatura e vida. Em *Nadja*, *Arcane 17*, *O Amor Louco*, *Os Vasos Comunicantes*, fala um "eu" real: Breton escreve na primeira pessoa, apresenta-se, trata de sua vida. Em Borges, não — para alguém que dizia não acreditar no tempo e no espaço, era igualmente inaceitável a idéia do sujeito, do "eu" criador. Chega a afirmar que, entre outras criações literárias, havia inventado um personagem, um escritor argentino chamado Jorge Luis Borges. Por isso, é difícil até mesmo discutir seu idealismo e ceticismo, máscaras, assim como suas idéias, nem tanto filosóficas quanto místicas, sobre a realidade como emanação decadente da unidade, versão malfeita do texto primordial.

Ou não, nem tanto. Diferenças, sim, mas não antagonismo. Breton não escreveu sua autobiografia. Os acontecimentos relatados em *Nadja* e *O Amor Louco* foram escolhidos por serem poéticos e estarem ligados a seu pensamento sobre surrealismo. E, em Borges, *O Aleph* e seus personagens podem ser fictícios. Mas são reais a sensação da perda, o espanto perante a revelação, tanto quanto sua experiência poética e mística de estar diante de um muro suburbano coberto de madressilvas, e sentir o perfume das flores, sentindo também que o tempo não existe.

Por que não ir adiante, mostrando onde linhas divisórias entre ambos podem confundir-se? Vejam este trecho, a história do homem que quis produzir seus sonhos. Adivinhem quem o escreveu:

O Marquês de Hervey-Saint-Denys, tradutor de poesias chinesas da época dos Tang, e autor de uma obra anônima publicada em 1867 sob o título ***Os Sonhos e os Meios de Dirigi-los - Observações Práticas****, obra que se tornou rara a ponto de nem Freud e nem Havelock Ellis, que a mencionam ambos, terem conseguido tomar conhecimento dela, parece ter sido o primeiro homem a achar que não era impossível — sem para isso recorrer à magia, cujos meios, em seu tempo, só conseguiam se traduzir por algumas receitas impraticáveis — vencer em seu proveito as resistências da mais amável das mulheres, e obter rapidamente que esta lhe concedesse seus mais recentes favores. Esse idealista, cuja vida, através de tudo o que ele conta, nos parece bastante* *inútil, havia feito, sem dúvida por compensação, uma imagem mais viva daquilo que poderia esperá-lo quando de olhos fechados, que a maioria dos espíritos científicos que se entregaram a observações sobre o mesmo tema. Muito mais afortunado que o herói de* ***Às Avessas****, de Huysmans, Hervey, suponho que suficientemente privilegiado do ponto de vista social, conseguiu, sem provocar uma desordem apreciável, proporcionar-se, fora do mundo real, uma série de satisfações puras que, no plano sensorial, nada têm a dever às da embriaguez de Des Esseintes, e não acarretam, ao contrário, nem lassidão e nem remorso. Foi assim que a sucção de uma simples raiz de íris, que, durante a vigília, ele teve o cuidado de associar a um certo número de representações agradáveis cuja origem está na fábula de Pigmalião, valeu-lhe durante o sono, uma vez deslizada essa raiz entre seus lábios por uma mão cúmplice, uma aventura tentadora...* etc.

A quem pertence isso?

Quem escreveu sobre essa tentativa de programar sonhos?

Um livro raro, que ninguém chegou a ler, embora já se tivesse ouvido falar nele... Seu autor, um excêntrico desconhecido... Já não vimos antes esse tipo de abertura de narrativa? Não se parece às falsas atribuições borgeanas, a sua enciclopédia chinesa com classificações absurdas que fascinou a Foucault, aos pseudolivros sobre mundos imaginários de *Tlon, Uqbar, Orbis Tertius*? Para merecer um lugar na obra de Borges, bastaria que o Marquês de Hervey-Saint-Denys nunca houvesse existido. Ou então, que existisse, esse excêntrico, um dândi parecido com Des Esseintes, o personagem de *Às Avessas* de Huysmans que resolveu fechar-se em uma casa de campo para criar um mundo artificial — mas sem chegar a escrever seu tratado sobre os sonhos. Hervey-Saint-Denys, histórico ou lendário, ainda serviria para uma crônica ou ensaio na linha dos que Borges escreveu sobre Chang-Tseu e a troca de lugar entre o sonhador e o sonhado: o chinês sonhava ser borboleta ou a borboleta sonhava ser o chinês?

Mas não. Aí está o personagem em quem Borges não reparou. O Marquês de Hervey-Saint-Denys existiu e escreveu mesmo um livro que ninguém leu, sobre os meios de dirigir seus próprios sonhos. E o trecho citado é o parágrafo inicial de *Les Vases Communicants*, o livro de Breton sobre a relação entre sonho e realidade. Nele, Hervey figura por ser real, condição para ser surreal.

Por vezes os vejo, a Breton e Borges, como no famoso quadro alegórico de Rafael que retrata a Platão e Aristóteles conversando, caminhando lado a lado, mas fazendo gestos antagônicos, um deles apontando para cima, para o céu e o espírito, outro para baixo, para a matéria e a realidade empírica. Ou frente a frente, iguais porém inversos, como a pessoa e sua imagem no espelho. Podendo ambos, contudo, confundir-se e sobrepor-se, como se praticassem o jogo do espelho reversível, transparente ou opaco conforme as luzes e olhares nele projetados.

A todos os símbolos a que poderia servir o jogo de velas e vidros por alguns anos instalado em um bar que agora nem mesmo sei se existe, se fechou de vez ou mudou-se para outro porão ou portinhola na região do Bixiga, acrescento este, o das relações entre diferentes autores e obras. Com a possibilidade de saírem do espelho e darem-se as mãos, solidários por terem sido capazes de transformar em obra sua inquietação, insatisfação e inconformismo diante dos limites impostos pelo mundo que aí está.

Mesmo tão diferentes, Breton e Borges — assim como Eliot, Joyce, Kafka, Artaud, Garcia Lorca, Guimarães Rosa, Octavio Paz, Fernando Pessoa, Allen Ginsberg e tantos outros — são criadores de uma consciência moderna. Uma consciência crítica, feita de dúvidas sobre a realidade, ou sobre o que nos é apresentado como real pelo senso comum, pela ideologia vigente. Místicos, metafísicos, idealistas, céticos, revolucionários e surrealistas partilharam a rejeição ao cientificismo, ao determinismo e ao realismo ingênuo na filosofia, na literatura e nas artes. Viveram a busca do sentido da linguagem, da relação entre as palavras e o que lhe é exterior, como experiência abissal e vertiginosa. Suas diferenças representam uma conquista, a pluralidade da criação, manifestação da liberdade da imaginação.

A literatura produz realidade, até para quem não chegou a enfrentar a leitura e interpretação dessas obras. Assim como não é mais necessário que nós tenhamos estudado Camões, Cervantes, Shakespeare, Goethe, pois eles já se infiltraram na configuração do real. O modo como acontece essa infiltração é magistralmente representado por T.S. Eliot em seu *Waste Land*. Bem no início, no trecho do enterro dos mortos, há os seguintes versos:

Cidade irreal,
Sob o nevoeiro castanho de uma madrugada de inverno,

Logo adiante, ele cita o famoso trecho de Baudelaire: *Tu! hypocrite lecteur! — mon semblable, — mon frère!* É uma citação cruzada, através da alusão. O primeiro dos versos, sobre a cidade, é uma adaptação, não indicada, de um verso de Baudelaire: *Fourmillante Cité, cité pleine de rêves...* A citação a seguir é para sinalizar que Baudelaire está dentro de *Waste Land*. Quem olhar para a metrópole e tiver a sensação de seu turbilhão ou desolação, mesmo sem ter lido *As Flores do Mal*, não deixa de incorporar o olhar de Baudelaire a seu olhar. Faz tempo, ele invadiu a consciência.

Por vezes os vejo, a Breton e Borges, como no famoso quadro de Rafael...

14

Todos os bares de São Paulo condensavam-se aquela noite no Café do Bixiga. Todos os lugares que permitem a dissolução no anonimato, na condição de espectadores que singram com leveza pelas águas mais rasas do trivial, rodeados pela exorbitância da fala, pelo excesso a transbordar das conversas que trazem personagens, cenas e situações para um tempo de vozes que se confundem e uma escuridão de bastidores onde nos escondemos a observar o jogo do habitual e do estranho dos seus freqüentadores, figurantes de um teatro de sombras e silhuetas. Os bares do puro encontro, criações da sociedade industrial e burguesa adotadas pelo Romantismo e pela modernidade, para substituir o que em outras épocas representavam as praças públicas. Locais da vida menos confinada e codificada, mais informal e livre de agendas, pontos de parada, não só da boemia sistemática, instalada em suas mesas como se desse um expediente, mas da freqüência incidental, menos presa a datas e horários que o cinema, o teatro e as festas, servindo como chegada, partida ou etapas da caminhada, para fazer-se ver de relance, sair logo, ficar até o fim da noite ou até que as noites não pareçam mais ter fim, permitindo que o tempo seja alongado ou contraído — todos os bares de fim de tarde, os bares da noite, os bares da madrugada, os botequins, cafés e cafeterias, o plácido Paribar em frente às árvores, o insistente Riviera aceso noite afora, o infernal Ferro's da agitação, o caótico Redondo do submundo, o inexplicável Longchamps, o Bar do Zé, o outrora quase campestre Pandoro, os bares com ar de beira de praia das avenidas, as choperias e suas multidões, e mais as gradações do sublime e do sórdido pelas esquinas da São Luiz, Ipiranga e São João, tudo, todos eles se encontravam na cópia do antigo e do anacrônico, do pseudo-europeu e pseudo-rústico inaugurada no Bixiga no final dos anos 70, para por sua vez inaugurar um novo roteiro de bares daquele bairro, e todos os seus freqüentadores passados e presentes pareciam reunir-se naqueles poucos metros quadrados do piso inferior do sobrado com cheiro úmido de barris e tulipas de chope, pesadas mesas com tampos de mármore molhado e lambris de madeira escura, oferecendo um envoltório de vozes familiares de desconhecidos, o burburinho e agitação das entradas e saídas da noite servindo de ruído de fundo para minha conversa com Soninha. Uma conversa leve, despreocupada, como o pedem as mesas de bar. Por ela passavam, contudo, as grandes questões filosóficas, as indagações sobre o sentido da vida, o destino do mundo, a relação entre o conhecido e o desconhecido, o real e o imaginário, a vida e a morte.

Há tempo não nos víamos. Fracassadas outras tentativas de encontro, só agora ela me devolvia o exemplar de *O Amor Louco* emprestado há dois anos. Soninha era a melhor ouvinte e interlocutora que eu poderia ter aquela noite. Diante de qualquer absurdo que lhe contasse, sua atitude sempre seria de naturalidade. Seus comentários viriam acompanhados pelo mesmo tom de voz e expressão com que havia relatado os acontecimentos que precederem a noite em que nos encontramos, na calçada a poucos metros e uma parede de onde estávamos agora. Era igual a conversar sobre a publicação de nossos próximos livros, ou a performance que ela planejava fazer, vestida de fada ou sílfide, distribuindo estrelas prateadas a seus convidados, e outros acontecimentos e pessoas conhecidas, reais e presentes, não necessariamente fantasmas devolvendo livros e suas dedicatórias. Ela sabia onde ficava o limite entre o comum e o improvável, o absurdo e o plausível, o lógico e o que transgredia a lógica. Contudo, atravessá-lo não a perturbava. Não a incomodava ser uma das provas, evidência viva de uma idéia tão extravagante, do livro-talismã com energia própria, a deslocar-se no tempo.

Comentamos quanto se ganharia em aparente clareza, ou, ao menos, em novas explicações, se acreditássemos em um espírito a conduzir-me na direção do sebo na Rua Martinico Prado. Faltaria, então, descobrir o que pretendia, a que propósito vinha sua intervenção. Ou, então, como invocá-lo para que se explicasse. A propósito dessas explicações de um mistério por outro, promovendo a troca de enigmas, Soninha resolveu contar-me uma história de horror que poderia ter saído de um conto de

Edgar Allan Poe, com possessões por espíritos substituindo a catalepsia. Havia sido protagonizada por uma amiga sua, praticante da mediunidade na linha da umbanda. Era tomada por uma habitante do mundo dos espíritos, a pomba-gira, personagem do sincretismo, versão decaída e reduzida ao pecado das divindades do amor e da fertilidade a apresentar-se como mulher exibicionista e sedutora. A possessora, acompanhante da amiga de Soninha, teria, em um dado momento, se manifestado e feito exigências, pedido oferendas que não foram atendidas. Em represália, anunciou que iria "levar" a moça, provocando sua morte. Pouco tempo depois, a mal-sucedida médium descobriu-se portadora de um rápido e inexorável câncer. Soninha havia presenciado as sessões de mediunidade e acompanhado a morte da praticante.

Nunca duvidei do que Soninha me contava. Nada me levava a achar que ela mentisse ou fantasiasse além da conta. Suas histórias, inclusive a do nosso encontro na praia, haviam sido ancoradas em referências precisas. Concordamos que o desfecho da mediunidade e da vida de sua amiga, por mais pavoroso que fosse, não obrigava à crença em seres invisíveis, porém animados, capazes de interferir no mundo dos viventes. O que falou por intermédio daquela moça, valendo-se de sua voz, pode ter sido seu câncer embrionário, sua morte anunciando-se. Essa voz obedeceria, então, a um princípio mais geral, conhecido por estudiosos da religião e do mito, de que os fenômenos da esfera do sobrenatural, da magia e do misticismo, qualquer que seja sua origem, se valem de um código, apropriando-se do repertório, da galeria de personagens, conceitos e valores propostos por alguma seita ou doutrina disponível em seu tempo. A religião não seria a fonte do fenômeno ou o signo de sua origem, porém sua forma, a mediação para que chegasse a nós.

No entanto, prossegui, pretender situar um fenômeno desses na escala do natural e imanente, e não do sobrenatural e transcendente, tachando-o de alucinação, delírio, sugestão, também é enganador. Baseia-se em outras tantas suposições sobre a natureza da realidade e a estrutura do universo. Discutir se o fantasma, milagre ou abominação vem de "dentro", como se fosse a corporificação do imaginário ou do inconsciente, ou de "fora", do mundo etéreo ou subterrâneo, é achar possível distinguir entre o interior e o exterior; é ter a pretensão de traçar contornos dos campos do psíquico, do físico e do sobrenatural.

Que mão misteriosa interrompeu esse diálogo e nos colheu, nos ergueu no ar e retirou do Café do Bixiga, para nos depositar a alguns quarteirões e várias centenas de metros adiante, ainda na mesma rua, porém na outra extremidade da Treze de Maio? Visto agora, foi como uma supressão do tempo, o imediato suceder-se de ações e cenários, um corte como no cinema. Em um dado momento, conversávamos. Sentados no Café do Bixiga, falávamos da natureza dos espíritos e suas manifestações, dos acasos inexplicáveis. Em outro, caminhávamos na mesma calçada do lado direito da Treze de Maio, mas em um lugar que contrastava com a agitação do bar onde havíamos estado, não mais no território do Bixiga, mas no bairro do Paraíso, quase Praça Oswaldo Cruz e confluência com a Avenida Paulista, logo depois do trecho arborizado da bela praça circular, Praça Amadeu Amaral, onde há um reservatório de água com jardins e um bosque de eucaliptos e ciprestes nos fundos do hospital, zona de árvores fazendo que as luminárias de rua projetem suas sombras na calçada, e o arrefecimento do trânsito na madrugada permita ouvir o vento nas copas e adivinhar folhas caindo.

Acho pouco provável, mas talvez tivéssemos resolvido seguir a pé, caminhando pela noite a percorrer a Treze de Maio de ponta a ponta, do Bixiga ao Paraíso, rumo à casa de Soninha, mais adiante, pelos lados do Cambuci. Ou então, eu a levava de automóvel, estacionei, e descemos para que algum de nós comprasse cigarros ou qualquer outra coisa encontrável nos bares e padarias daquele cruzamento de bairros, ruas, avenidas e praças. Só permanece em minha lembrança caminharmos pela calçada, de braços dados. Por isso, senti o sobressalto de Soninha, o repelão de susto, reação semelhante à de alguém que enxerga uma serpente em uma trilha na mata. Antes que eu lhe perguntasse o que se passava, ela apontou para uma placa sobre nossas cabeças. Um cartaz, letreiro de bar ou padaria, letras que compunham um nome, *Marajoara*. O nome, disse-me Soninha, da anunciadora da morte, da pomba-gira supostamente portadora do malefício para sua amiga. Marajoara — que nome incomum para um espírito freqüentador de sessões de umbanda e quimbanda, e improvável para uma padaria, usualmente portadora do nome de sua rua ou bairro, ou de santos da devoção de seu dono.

Nunca havia visto a cidade expressar-se assim, interferindo em relatos e conversas através de seus cartazes e letreiros. Nossa mão de fogo, anúncio de carvão de lenha, chafariz das Tuileries. Interpretamos esse signo? Creio que não. Acho que desistimos por aí, não tocamos mais no assunto nas poucas vezes em que, de passagem e de relance, voltei a ver Soninha. Para mim, insisto, o letreiro não basta para assegurar a crença em alguém invisível, porém animado e inteligente, capaz de provocar mortes ao serem contrariadas suas vontades. Acredito, contudo, que um passado ou um futuro, idílico ou tenebroso, podem ser revelados; e que essa revelação está até mesmo no fragmento de um texto, no letreiro do cartaz encimando uma padaria de esquina de bairro, em um nome encontrado ao acaso, tão capaz de falar e nos dizer algo quanto um ritual completo de chamamento, uma invocação de forças sobrenaturais, entidades míticas ou espíritos dos mortos. O cartaz não confirmava a existência autônoma de ninguém. Apenas fazia ressoar o eco do que perguntávamos. Reverberação do som de nossos passos noite afora. Ruído a ser decifrado, som opaco, surda resposta ao enigma na forma de outro mistério.

Eu poderia ter ficcionalizado situações e personagens deste livro, mascarando-os ao escrever *à la clef*. Não faria muita diferença no propósito de apresentar uma história na qual a realidade em alguns momentos se comporta como ficção, ou se confunde com cenas de sonho, ao obedecer à causalidade mágica, aparentemente absurda, porém menos arbitrária, muito mais rigorosa, das narrativas fantásticas. Constituído de fatos acontecidos, o que narro não é, contudo, autobiografia. Se a intenção fosse essa, contar minha vida, então este seria o capítulo sobre como não enlouqueci no início de 1982, de como me convenci da minha resistência ao corte dos vínculos com a vida prática, a convivência com os outros e o restante do que se convencionou chamar de realidade. Se estivesse me biografando, deveria contar como meu tempo não era dedicado só a passar noites em bares conversando sobre fantasmas, metafísicas e poemas convertendo-se em eclosões do oculto. Nem apenas a emprestar e receber de volta livros de surrealismo e ocultismo, e a ler o que me caísse nas mãos sobre o assunto. Tempos agitados, de trabalho, política, resistência cultural, reuniões e telefonemas, articulações e estratégias. Por mais que se acelerassem os acontecimentos, isso não me impedia de manter desperto o senso crítico, e perguntar-me se não estava possuído pelo demônio da analogia, o mesmo de que falam Mallarmé e Breton, o provocador do delírio interpretativo, da agitação paranóica que leva a atribuir sentido e estabelecer associações de um modo frenético, a enxergar conexões entre coisas e acontecimentos díspares até a conclusão de que tudo tem a ver com tudo, instaurando o arbítrio da loucura ao transformar o mundo em um emaranhado infinito de relações.

Mas não, eu não delirava. Isoladamente, o modo como vi a série de acontecimentos que incluía a criação do meu poema e a morte de Augusto Peixoto, elevando-os até o nível do acaso objetivo, pode ter sido um exagero de interpretação. O aparecimento do livro que havia sido dele, já nem tanto. Menos ainda, meus encontros imprevistos com Ieda em lugares inesperados, a exemplo da tentativa, dias antes, de entrar no cinema sem saber que ela estava lá. Ou meus encontros com Soninha. Tanto os primeiros, dois anos atrás, quanto esse último. E acabava de descobrir e ler um livro em cuja lista de intervenções do oculto caberiam esses episódios.

Era o bastante para desistir de acreditar em uma neutralidade do acaso. Uma lógica analógica parecia reger meus passos, deixando-me a impressão de estar enfeitiçado, magnetizado, sintonizado com forças ocultas. Acompanhava-a um desconforto, como se houvesse um deslocamento de eixos, algo fora do lugar. Impressão de, ao estar dentro, participando dos acontecimentos, também estar à margem, como se fosse personagem de um texto alheio a desempenhar um papel na biografia de alguém, sem distinguir seu sentido. Teria sido inadvertidamente colhido e envolvido nas malhas da história de Augusto, de Soninha, de Ieda, de outra pessoa? Preso a seus enredos, pego no texto do outro por uma invisível alteridade? Não mais o arquiteto ou construtor do labirinto, porém aquele que o percorre, que erra por seus corredores? Não o autor, que lança sua rede de enredos e colhe suas palavras, porém o enredado, criatura de outro criador?

A partir de então, de quando nos detivemos diante do letreiro com a mensagem cifrada, cessaram as manifestações mais ostensivas do acaso objetivo. Mais que interrupção, pode ter havido uma seqüência, não de acontecimentos, até então a se precipitar com o vigor e intensidade das chuvas de verão daquele começo de ano, porém da busca norteada por uma idéia, o tentador axioma, o sedutor enunciado, não propriamente da inexistência do tempo, mas do trânsito do signo através do tempo, da capacidade da linguagem de ultrapassá-lo ou anulá-lo.

15

O que pode fascinar mais no Surrealismo, tornando irresistível a adesão a ele, ou ao menos a permanente fascinação? A "fase heróica" por volta de 1920, o grupo de rapazes recém-saídos da guerra mundial declarando-se associação de espíritos livres, incapazes de perder qualquer chance de provocar escândalo, enfrentando de peito aberto, do modo mais agressivo, as grandes questões artísticas, filosóficas, políticas e morais de seu tempo? A inovação no plano da criação, a invenção delirante, que também buscou uma identidade política, somando a herança da rebelião romântica à ação pela transformação da sociedade, lutando ao mesmo tempo contra o conformismo burguês e o autoritarismo à esquerda? A associação à loucura, inaugurando um novo modo de pensá-la? A vocação para nadar contra a correnteza, a adesão, a ponto de fazerem o elogio da poesia das manchetes de jornais e letreiros de rua, a todas as linguagens e modos de expressão alternativos, desprezados pelo gosto instituído? O culto romântico do amor único, a sacralização lírica da relação amorosa? Sua atualidade como meio para lutar contra a burocratização do saber e da própria vida? A urgência da retomada das denúncias da mistificação e da massificação, inclusive do que agora, neste momento, nos é apresentado como rebelião e cultura jovem ou alternativa? Sua contribuição à compreensão, não só da criação poética, mas da própria linguagem?

De tantos assuntos, tanta coisa a ser dita na palestra do fim de tarde de novembro de 1985 em um auditório separado por pesadas cortinas do trânsito que demandava a Cidade Universitária e os bairros da Zona Oeste, obrigando suas lâmpadas a permanecer acesas mesmo se a sessão tivesse sido programada para o meio-dia, naquela margem entre bairro e periferia ocupada por umas vinte pessoas que se multiplicariam na repetição da mesma palestra uns dias depois em Campinas, na Unicamp, eu havia escolhido o acaso objetivo. Queria ser, não apenas personagem, porém enunciador de uma história, para ouvir-me e também ouvir vozes de ouvintes que me ajudassem a entender melhor o que tinha a dizer. Que me levassem além da constatação de haver passado por fenômenos psíquicos da mente excitada por leituras, duplicando-as em uma demonstração de magia prática na qual palavras adquiriam um poder encantatório.

A meu lado estava uma fonte dessas vozes, das palavras que desejava ouvir. Eu fazia parte de uma mesa de conferencistas em uma das sessões de uma semana surrealista promovida pela Aliança Francesa e pela Editora Brasiliense. Compunha-a também uma professora da Unicamp, Maria Lúcia dal Farra, estudiosa de Baudelaire que, ao aprofundar-se na teoria das correspondências, em sua aplicação do princípio hermético da analogia, acabou por envolver-se com o ocultismo, não só como estudiosa no plano livresco, mas como alguém que esteve lá e o viu de perto. Tacitamente, nem ela tomou a iniciativa de me falar de suas experiências junto a ocultistas franceses, nem eu lhe fiz perguntas sobre contatos que começaram com palestras de especialistas e *visites guidées*, passeios dirigidos pelos mesmos roteiros que também acabei percorrendo — casa de Nicolas Flamel junto à Torre Saint-Jacques, demais pontos significativos pelos lados do Marais e do Quartier — para acabar conhecendo pessoalmente membros dos grupos secretos, continuadores das investigações que tanto haviam excitado a românticos e simbolistas, até ver-se no dilema de todo explorador do oculto: mudar radicalmente de vida, de hábitos e modo de ver a realidade, ou desistir para não se tornar um personagem semelhante aos de *O Pêndulo de Foucault*, de Umberto Eco, preferindo recuar diante de um mundo fascinante, porém enganador e arriscado.

Chegou a ser publicado um artigo dela, *Anotações de uma Bibliógrafa: Baudelaire e o Esoterismo*, na revista de estudos literários da Unicamp. Trata do fervilhar de idéias, animado por estudos de magia, alquimia e ocultismo, no qual se conheceram Elifas Levi e Baudelaire, no tempo em que ambos eram socialistas, revolucionários de 1848 (mais tarde, Levi tornou-se monarquista absolutista). Chegaram a ser parceiros, co-autores de uma coletânea intitulada *Mystères Galants des Théâtres de Paris*. E Levi publicou um poema, *Correspondances*, homônimo e contemporâneo do de Baudelaire, expressando a mesma visão de um universo onde natureza e cosmos se comunicam e refletem, regidos pelo princípio da analogia. Colocando-os lado a lado, vê-se que dizem a mesma coisa.

O que Maria Lúcia apresentou aquela noite na Aliança Francesa, na sessão de conferências de que eu fazia parte, ia além. Falou de Rimbaud e mostrou como a escolha do termo "alquimia do verbo" não foi arbitrária, pois o poeta-adolescente havia mesmo estudado textos alquímicos. Tratou do interesse pelo oculto dos demais simbolistas e pós-simbolistas, Mallarmé inclusive. Leu-os, especialmente a Baudelaire, através do olhar do surrealismo, mostrando que o princípio hermético da analogia e correspondência era um fio condutor ao longo desse trecho da história da literatura. O surrealismo — cito o texto lido por ela na ocasião — *desentranha e elege uma certa tradição, incrustada na História da Literatura e até então não discernida como tal, que tem como procedimento a infiltração da matéria esotérica na obra artística*. Tinham fundamento hermético, continuou, os jogos, pois *são experiências mágicas sobre as palavras*. Em particular o "um no outro", *cujo teor é já de inspiração esotérica*.

Já mencionei o "um no outro" a propósito da colher-sapato achada por Breton na caminhada narrada em *O Amor Louco*. Aproveito o resumo apresentado por Maria Lúcia: *A regra do "l'un dans l'autre" é simples: uma pessoa sai do grupo e se identifica com um objeto determinado, por exemplo, uma escada. O grupo desconhece tal escolha, e decide, por sua vez, que essa pessoa se apresentará como um objeto, por exemplo, uma garrafa de champanhe. O sujeito volta à sala e deve se descrever como uma garrafa de champanhe, mas oferecendo particularidades tais que a esta imagem da garrafa venha, primeiro, se sobrepor, e depois, substituir, a imagem da escada. A sua função é, pois, descrever a garrafa enquanto escada.*

Brincadeira? Jogo de salão? Não, de modo algum. Ela mostrou (seguindo o próprio Breton) como esse jogo já estava prefigurado nas ousadas comparações utilizadas por Baudelaire nas *Flores do Mal*, em *Le Beau Navire*, quando o colo e os seios da mulher homenageada no poema são o estofo de um armário almofadado. Em um caso, do poema, descrição. No outro, do jogo, teatralização de relações analógicas entre as coisas. Demonstrações da teoria das correspondências entre objetos de um conjunto, base do hermetismo e da alquimia; meio de recuperar a unidade do mundo fragmentado, decifrando a mecânica e estrutura do simbolismo universal, regido por leis pelas quais a parte representa o todo, o que está em cima também está embaixo, macrocosmo e microcosmo se correspondem.

Resumindo — e retornando à palestra que ia sendo proferida a meu lado: *É através, portanto, da lei da analogia que o cosmos toma, no hermetismo, o caráter de* ***unidade*** *orgânica viva e pulsante. É também a analogia que possibilita a força anagógica — a passagem do sentido literal para o místico — a imanência esotérica — a presença de "cada coisa maravilhosa" no interior do homem.*

Ouvir tais afirmações suscitava-me uma impressão semelhante à de quando achei o exemplar de *O Oculto* de Colin Wilson, de uma referência bibliográfica vir a meu encontro. Mas desta vez de viva voz, e não mediada pelo livro. Nunca mais vi Maria Lúcia dal Farra. O texto lido por ela continua inédito. Não deve haver muitas xerocópias além da que recebi, mais uma dada à outra conferencista da mesa, Marilda Rebouças (não encontrava minha cópia, resignava-me a citar esse importante estudo de memória, quando, há pouco, essa terceira conferencista, Marilda, a quem também não mais havia visto, resolveu telefonar-me — ainda tinha sua cópia e imediatamente a emprestou, e, de quebra, um livro de Jacques Lacarriére sobre a gnose, que trata de frente da questão dos gnósticos dissolutos, tema que mencionarei no próximo capítulo deste livro).

O ensaio de Maria Lúcia dal Farra termina meio abruptamente. Parece inconcluso. E sua autora desapareceu do mapa, mudou-se para outro lugar (há pouco enviou-me um recém-publicado livro de poesia — nos episódios destes dois parênteses, e em outros recentes, é como se meu texto já fosse atraindo seus personagens, fazendo-os vir a mim, vir a si... — isso reforça a idéia de que esta história prossegue ao ser escrita e prosseguirá depois de escrita, a mesma impressão do livro como sistema em movimento que Breton registra no final de *Nadja*).

Na meia hora de que dispunha para falar, resumi *Nadja* e *O Amor Louco*, com a noite da Praça Dauphine, a caminhada do girassol e outras histórias do mesmo calibre. Não deixei de lado a fase do sono hipnótico e a previsão de Nazimova, nem, como manifestações menos espetaculares do mesmo fenômeno, as continuidades que parecem propositais, sem que um dos parceiros visse o que o outro havia escrito, nos jogos, cadáveres delicados e perguntas e respostas. Também relatei o que havia acontecido comigo, o modo e circunstâncias em que achei o meu livro para Augusto Peixoto.

Mas não pretendia ficar na crônica do fantástico em movimentos literários e vidas de escritores. O desfile de acontecimentos insólitos interessava por sua relação com a poesia, a projeção do desejo capaz de modificar a realidade, de agir sobre o mundo material. Argumentei que criar um poema equivalia à ação do mago mobilizando seus poderes. Nisso, segui a Breton no *Segundo Manifesto*: *Alquimia do verbo: essas palavras que vão sendo repetidas um pouco ao acaso hoje em dia pedem para ser tomadas ao pé da letra.*

Não sei se eu já havia preparado antes essa divisão, se ela se tornou mais clara ao longo da minha exposição, se a improvisei ao ouvir a conferência de Maria Lúcia dal Farra. Mas, em algum momento, passei a distinguir entre dois modos de relação entre criação poética e magia, exemplificados através de um confronto imaginário entre Yeats e Breton. De um lado o poeta que, aspirante à posse dos conhecimentos secretos, percorre os graus da iniciação. Yeats, Graves, talvez Pessoa — os adeptos, quer fossem teosofistas, espiritualistas, astrólogos, rosacrucianos, maçons, alquimistas, cabalistas, martinistas, da seita dos Iluminados, da Aurora Dourada, da Estrela Matutina, a diversidade de manifestações que pretende realizar os mesmos princípios e obedecer aos mesmos fundamentos.

O outro modo é representado por alguns românticos e por surrealistas. Ninguém é discípulo de nada. Há uma recusa da adesão a doutrinas e dogmas. Gosto da frase usada por Breton no *Segundo Manifesto* para resumir como vê esses fenômenos: *em um espírito que desafia, ao mesmo tempo, o espírito da barraca de feira e aquele do consultório médico.* Nem a credulidade ingênua, nem o reducionismo cientificista.

No entanto, a magia os procurava, era por eles atraída. O melhor exemplo é a noite do girassol: o poema que a precedeu foi a fórmula do filtro amoroso, poção mágica preparada com tamanha antecedência.

Receber o vento do eventual ao percorrer os caminhos do acaso, isso sim, é magia propiciatória, modo pessoal de riscar o pentagrama e pronunciar invocações. "Desterritorialização" — foi a palavra que me ocorreu para designar essa via, na qual o poeta arranca o oculto de seu lugar e o faz vir a si. Movimentos opostos, porém complementares, da poesia em direção ao oculto, do oculto atraído pela poesia, pela magia do desregramento, da indisciplina, para tornar a palavra, uma vez libertada, capaz de interferir na realidade. Via por onde havia trafegado, na qual um livro meu acabou por desempenhar uma função de talismã, símbolo ativo.

Os surrealistas, representantes da desterritorialização, nem por isso estiveram afastados do estudo sistemático das disciplinas herméticas. Apropriaram-se de símbolos, pentagramas, casas e planetas do horóscopo, operações alquímicas, castelos em ruínas e seus fantasmas. Breton parece atribuir um valor de verdade às posições dos planetas nos signos do zodíaco, a ponto de (no *Segundo Manifesto*) colocar o surrealismo sob a influência de uma conjunção de Saturno e Urano que coincidiu com o período do nascimento dele, de Eluard e de Aragon. Nos anos 50, intensificou seu diálogo com especialistas como Eugène Canseliet e René Alleau, cujas conferências sobre alquimia freqüentou; Alleau, por sua vez, colaborou em publicações surrealistas.

E sua simpatia por tudo o que rompesse com as noções estabelecidas sobre o real levou-o a procurar videntes. Na época em que escrevia *Nadja*, freqüentava uma dessas leitoras de cartas, palma da mão ou bola de cristal, Madame Sacco, estabelecida à Rue de l'Usine. Sua foto foi publicada no livro: rosto bonito, marcante pela intensidade do olhar, paramentada como cigana, faixa e turbante na cabeça. Profetizou que Breton viajaria ao Oriente, onde viveria por vinte anos, correndo grandes perigos, para depois tornar-se líder político. Outras visitas a médiuns-videntes, como Hélène Smith, que afirmava comunicar-se com o planeta Marte, não deram resultados diferentes.

Em 1925, Breton tratou do assunto em um texto que depois foi agregado ao *Segundo Manifesto*, intitulado *Lettre aux Voyantes*, Carta às videntes. Nele, comenta previsões como as de Madame Sacco, de sua pretensa ida ao Oriente: *Devo, ao que parece, dirigir-me à China por volta de 1931, e lá correr, durante vinte anos, grandes perigos. Duas vezes em duas* (em duas consultas a videntes) *ouvi isso, o que é bem perturbador.* O que menos importa, argumenta ele, é o erro das profecias, tomadas ao pé da letra. De certo modo, se encontra na China: *Acredito em tudo o que me disseram. Por nada nesse mundo eu resistiria à tentação que provocaram em mim, digamos: de dirigir-me à China. Principalmente porque, graças a vós, já estou lá.*

Já estou lá! Na China! Na Rue Fontaine, onde morava, na Rue de L'Usine, na Rue Lafayette e seu turbilhão metropolitano, no bar da Place Blanche onde se reuniam surrealistas, em Cantão, em Xangai, nas planícies asiáticas. Não sei se isso não é delírio interpretativo, mas para mim esse "já estou lá" é uma das afirmativas mais borgeanas de Breton, pela tranqüilidade e convicção com que toma o imaginário pelo real, pelo desprezo pela circunstância, o mundo que o rodeia. O que interessa é o símbolo. A China. Uma China de sonho que pode ser o sonho de um chinês. China idealizada até tornar-se puro signo, o signo de uma rebelião, de algo que perturba o Ocidente. *Um sopro de liberdade*, insiste ele, capaz de despertar a *velha Europa*. Então é essa a meta, o alvo? Não o acerto imediato de profecias, o grau de certeza com que irão ocorrer, mas seu poder de despertar da inércia e do conformismo ao levarem alguém a atribuir mais sentido ao remoto, enxergando-se como aventureiro em uma revolução chinesa?

A história da literatura francesa na primeira metade do século XX provoca-me uma suspeita. Teriam as duas videntes, Madame Sacco e a outra a quem Breton consultou, confundido, ambas, dois Andrés? Naqueles anos, enquanto Breton batia à porta das videntes, Malraux circulava entre o Camboja e a China em seu primeiro ciclo de viagens e aventuras orientais, antes de celebrizar-se através de obras cujos cenários são rebeliões chinesas, de tornar-se militante antifascista e, finalmente, Ministro da Cultura, um dirigente na política. O que as madames disseram a Breton ajustava-se a Malraux. Captaram algo na China na década de 20, à espera de um escritor francês para conferir-lhe uma dimensão épica, inspirá-lo e consagrá-lo. Uma vaga em aberto para quem se dispusesse a encarnar um personagem como Garine e tornar-se autor de *La Voie Royale* e *La Condition Humaine*.

Há uma surpresa adicional, no final do mesmo parágrafo da *Carta às Videntes* em que Breton comenta sua viagem nunca feita à China. Para esclarecer o que procura junto às videntes, diz que sua meta não é o aprendizado derivado da experiência já vivida, porém a experiência do que ainda não foi vivido. Completa com a seguinte frase: *Há pessoas que pretendem que a guerra lhes ensinou alguma coisa: no entanto, estão menos avançados do que eu, que sei o que me reserva o ano de 1939.* E como o ano de 1939 reservava algo, para ele e para a parcela da humanidade que ainda não havia aprendido o bastante com a Primeira Guerra Mundial! Ao fazer essa advertência com catorze anos de antecedência, Breton estava animado pela energia ou inspiração dos videntes quando acertam em suas profecias, e dos poetas cujas imagens refletem o que irá acontecer.

Se minha palestra da Aliança Francesa fosse hoje, não pararia por aí. À dualidade Yeats-Breton, o disciplinado taumaturgo e o anarquista, acrescentaria um terceiro pólo, engendraria um triângulo ao chamar à cena outro grande poeta, T.S. Eliot. Este, por sua vez, teria que vir acompanhado de sua vidente, Madame Sosóstris, a que comparece em sua obra-prima, *Waste Land*. Ressonâncias, correspondências entre textos tão diversos:

— *Madame Sacco, estabelecida à Rua de L'Usine...* e suas histórias sobre aventuras chinesas (e o que mais terá ela contado a Breton? nunca saberemos, são diálogos a reinventar...)

— *Madame Sosóstris, vidente famosa,/ Pegou um forte resfriado, e no entanto/ É tida como a mais sábia mulher da Europa,/ Com um perverso baralho de cartas* que vai despejando suas terríveis profecias: *Tema a morte pela água...*

Como não confrontá-las? A vidente visitada, com endereço certo em Paris, que acaba por incorporar-se a *Nadja* e à *Carta às Videntes*. A vidente escrita por volta de 1920, habitante apenas do texto. Uma real, outra simbólica. Uma positiva, prevendo aventuras. Outra negativa na terra sem vida, na terra desolada do poema da desintegração, profetizando perigos, alertando sobre o fim, antevendo o Nada. Ambas sobrepondo-se na imagem da sibila que sopra ao ouvido do poeta, anunciando a vida, anunciando a morte. Por volta de 1920 — quando a mulher de Yeats, Georgiana, realizava a vidência ao receber o ditado, a escrita automática que a levou a escrever o livro dele, *A Vision*, em uma das mais complexas relações já registradas entre um homem, uma mulher e um texto.

O trecho que citarei agora, uma passagem de *Quatro Quartetos*, pode ser que Eliot o tivesse escrito, já em 1940, com um olhar irônico na direção de Yeats, ou do que o irlandês falecido pouco antes, a quem chamou de autor de "brumas célticas", ainda representava. Ser um austero anglicano também influiu nesta crítica à voga ocultista das décadas precedentes:

> *Comunicar-se com Marte, conversar com espíritos,*
> *Relatar o comportamento do monstro do mar,*
> *Descrever o horóscopo, ler nas entranhas ou no cristal,*
> *Observar doenças em assinaturas, evocar*
> *A biografia pelas linhas da palma da mão*
> *E tragédias pelos dedos; fazer augúrios*
> *Por sortilégio ou com folhas de chá, adivinhar o inevitável*
> *Com cartas de jogar, perder tempo com pentagramas*
> *Ou ácidos barbitúricos, ou dissecar*
> *A imagem recorrente nos terrores pré-conscientes —*
> *Explorar o ventre, ou o túmulo, ou os sonhos; tudo isso*
> *[são usuais*
> *Passatempos e drogas e assuntos de imprensa:*
> *E sê-lo-ão sempre, alguns especialmente*
> *Quando há tristeza nas nações e perplexidade*
> *Quer nas costas da Ásia ou em Edgware Road.*

Mas, diz Eliot, *apreender o ponto de intersecção do intemporal/ com o tempo é ocupação do santo.*

E não do poeta? Chegar ao que Eliot chama de *impossível união das esferas de existência*, onde *o passado e o futuro são conquistados e reconciliados*. Transcendência não necessariamente religiosa, abrindo brechas na temporalidade. Figuras ideológica, estética e humanamente tão divergentes como Eliot, Yeats e Breton, pela fidelidade ao que faziam, ao que neles se fazia, divisaram a mesma coisa. O *ponto do espírito*, fim das contradições, de Breton. O *ponto de intersecção* de Eliot, à sua frente ao afirmar, com tamanha segurança, que *todo o tempo é eternamente presente*. Ao menos de relance, eles o viram. No prato de estanho de Jacob Boehme. Em folhas de sempre-viva e nuvens rodeando um vulcão extinto nas Ilhas Canárias, como Breton. Nos espaços interestelares de Eliot. No muro borgeano coberto de madressilvas de um bairro de periferia de Buenos Aires. No olhar das sibilas, das videntes reais ou imaginárias, escritas, sonhadas, encontradas, visitadas, amadas.

16

Ao final do longo, largo e luminoso corredor, seu carpete vermelho contrastando com as paredes de um branco atenuado por sugestões de mármores e metais, no interior do monólito que brilhava sob o sol do começo de uma tarde de abril, o prédio da Câmara Municipal de São Paulo — mais um dos blocos envidraçados da arquitetura paulistana dos anos 60, construído de costas para o Vale do Anhangabaú, permitindo que seus janelões do fundo se escancarassem sobre o centro de São Paulo mostrando o trânsito congestionado e obras de uma permanente reforma —, estava o salão onde eu deveria falar sobre literatura e ocultismo.

Fui recebido pela organizadora do encontro. Apresentou-me a pessoas e grupos que conversavam à porta: Estes são rosacruzes, dizia a anfitriã — Esses são do Círculo Esotérico — Esses — mostrando-me uns mais coloridos e paramentados — são da Ananda Marga. — Aí estão os Rajneesh, indicou ocupantes de mantos cor de abóbora que já havia reconhecido, menos conspícuos que o solitário Hare-Krishna em um canto. Ainda me fez conhecer maçons, praticantes da Carma-Ioga, adeptos da Eubiose, possivelmente um antroposofista, um gurdjieffiano, outros representantes de seitas e ramificações de doutrinas.

Muitos deles certamente vinham do bairro da Liberdade, logo ali, a uns poucos quarteirões da Câmara. O bairro ao mesmo tempo oriental e ocultista, com algumas de suas fachadas ainda *art nouveau*, *belle-époque* e século passado à sombra dos prédios com escritórios de advocacia lá instalados pela proximidade do Fórum, que oferece uma alternância de cheiros de peixe, molho shoiu e velas queimando nos adros das igrejas das Almas e dos Aflitos a quem passa por elas e passa pelas portas das mercearias e restaurantes japoneses, bazares de quinquilharias importadas, casas de artigos de Umbanda e Candomblé, por sua vez também vizinhas de uns templos pentecostais, uma loja maçônica, a sede dos rosacruzes, o outrora imponente prédio do Círculo Esotérico dos teosofistas cuja torre foi demolida para dar lugar a uma via expressa, e, bem na entrada do bairro, a Livraria Pensamento, também dos teosofistas, com sua bela fachada com frontões de titãs aparentando sustentar às costas o andar superior e o teto do sobrado. Adiante, na direção da Aclimação, a sede do Soto Zenshu dos zen-budistas (continuarão praticando a imobilidade extática no mesmo lugar, na descida da Rua São Joaquim?). E, quem sabe, confrarias mais secretas, endereços conhecidos por uns poucos discípulos que sabem orientar-se por ruelas congestionadas pelo trânsito, atravessando visões de filmes de samurai outrora projetados em telas de cinemas japoneses que não deixaram qualquer vestígio, a não ser na memória de seus freqüentadores.

Minha palestra fazia parte de um encontro promovido por um centro de pesquisas, um grupo de pessoas interessadas em uma gama de atividades, doutrinas e modos de pensar que alcançava desde a ioga e a medicina natural até a alquimia e astrologia, englobando disciplinas tradicionais, pseudociências e a cultura alternativa. A atração pelo não-oficial aproximava manifestações distintas, até opostas, enfeixadas meio arbitrariamente por não integrarem nem a religião, nem a ciência instituída. Algumas, desdobramentos do mesmo pensamento mágico, manifestações diversas da tradição com raízes na Antiguidade.

A sensação de estranheza por estrear como palestrante nesse tipo de encontro acentuava-se pela escolha do local, um dos auditórios da Câmara. O alvo reduto de atividade legislativa, centro de poder no centro da cidade, contrastava com o que os assuntos discutidos nos dois dias do encontro teriam de subterrâneo e periférico. O elogio da contemplação no meio da agitação do prédio e da própria cidade; do secreto no espaço público; da austeridade e disciplina enquanto em volta se negociava e manipulava; a demonstração da existência do oculto na sede de um poder visível. Era como se a diferença entre nossas palestras e debates e a atividade legislativa no plenário

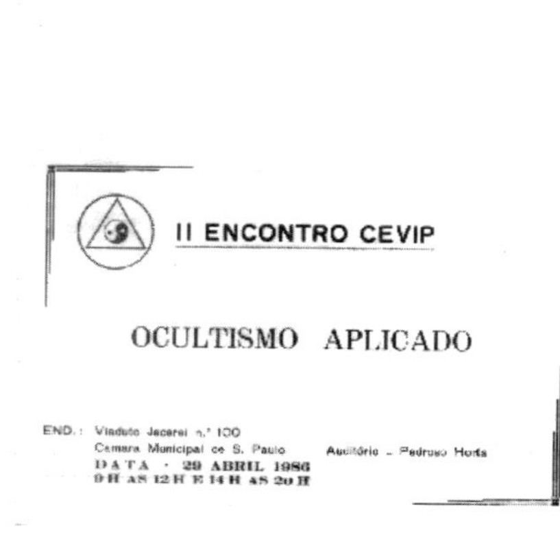

II ENCONTRO CEVIP

OCULTISMO APLICADO

END.: Viaduto Jacareí n.º 100
Câmara Municipal de S. Paulo — Auditório – Pedroso Horta
DATA · 29 ABRIL 1986
9 H AS 12 H E 14 H AS 20 H

PROGRAMA

9 h. - Abertura: Claudio Duarte
Objetivo do Encontro
Mario Incoentino
Porque o tema Ocultismo.

9:30 h. - Ana Vitoria
O que é Ocultismo.

10 h. - Joe El-Jia - TAO e a Medicina Oriental
"Acupuntura"

11 h. - Lauro dos S. Lima Jr.
Sensibilidade e Cura.

12 às 14 h. - Almoço.

14:30 h. - Claudio Willer
Ocultismo e a Literatura

15:30 h. - Sandra Galiotti
Ocultismo e a Ecologia.

16:30 h. - Humberto Marietti
Psicologia e o Mandala.

17:30 h - Intervalo

18 h. - Paulo Cassel
Ocultismo e a Política.

19 h. - Avaliação do Encontro
Entrega dos Certificados de Presença.

Minha palestra fazia parte de um encontro promovido por um centro de pesquisas...

alguns andares abaixo não ultrapassasse o fato de nossos pronunciamentos não saírem publicados no Diário Oficial.

Vindas do bairro oriental ou de qualquer outra parte, as pessoas à minha frente formavam um público especial. "É hoje", pensei, avaliando a ousadia ao dispor-me a falar de ocultismo para quem o estudava e praticava. Arriscava-me a ser questionado por imprecisões na matéria que conhecia lateralmente, pela literatura, ou por alto, através de leituras previsíveis. Certamente, lá estava gente que havia ido além do *Dogma e Ritual de Alta Magia* de Elifas Levi; conhecedores do sentido dos símbolos de velhos grimórios, formulários e tratados; praticantes de rituais e procedimentos neles descritos; leitores para quem os calhamaços de *A Doutrina Secreta* e *Ísis Revelada* de H. P. Blawatsky eram matéria corrente de estudo. Que perguntas fariam, de que modo me questionariam os senhores em graves ternos cinza? Preocupavam-me mais que o bloco de jovens paramentados como indianos ou tibetanos, vendedores de bastões de incenso no restante do seu tempo.

Em uma hora, queria tratar do principal da história da literatura em seus vínculos com o oculto. Ocasião para sistematizar leituras, reflexões e acontecimentos. E lá fui eu, a falar do oculto, do mítico e do mágico, que se relacionam e confundem. O mito, modo de interpretação do mundo dos sentidos, do real imediato, quadro de referência da magia, do saber hermético, fala do que está sob o mundo e o sustenta, e do que está acima dele e o contém; do outro lado, que pode ser alcançado através do ritual, diálogo com o sagrado. A travessia de um lugar a outro, do aqui ao além, é feita pelo xamã, o mago tribal. Primitivo, porém universal, presente da remota planura asiática até o aqui e agora, logo ali, apenas um pouco mudado, refazendo-se no ritual sincrético, circulando em um congresso de ocultistas, conduzindo alguma seita. E nas páginas dos livros: o Don Juan de Castañeda e suas cópias.

No xamã está a origem da poesia como linguagem revelada. Citei Mircea Eliade ao dizer que o xamã, para deslocar-se no tempo e superar a morte, recebe pela via iniciática a linguagem secreta de um mestre ou espírito, e passa a dominar um vocabulário próprio, diferente das palavras da tribo. A canção do rio ou a fala dos pássaros, a voz dos regentes do vento, da chuva e do relâmpago, da floresta e suas árvores, dos rios que se expandem e contraem, da claridade e da escuridão.

Com os textos sagrados, a produção literária que inicia um povo, passa a existir o tempo. Os acontecimentos saem da imobilidade de um perpétuo presente e ganham um movimento, que pode ser circular ou linear, rumo a um futuro que vai se afastando a cada passo em sua direção. Se a palavra é a matriz do tempo, a literatura é sua medida ao tratar da origem ou de um fim que também é um recomeço.

As relações entre mito, magia e literatura incluem a obra que cria e instaura novos mitos, ou recupera e revitaliza os já existentes. Não me recordo até onde fui, o quanto avancei nesse temário. Falei das lendas, literatura inicialmente oral. Mencionei livros sagrados, Bíblias, Alcorões e textos védicos, narrativas míticas registradas por escrito. Observei que, em algum momento, ou em diferentes momentos das histórias de diversos povos, a narrativa deixa de ser o relato da origem, da criação do mundo, de deuses e poderes extramundanos, para falar também do homem. Ainda não do exclusivamente humano em um mundo dessacralizado, porém da tensão entre dois mundos, do confronto entre liberdade e destino, como na tragédia grega. Comentei o retorno do sagrado à literatura na Idade Média, época também de gestação de uma literatura profana, a lírica trovadoresca. Nas epopéias e sagas, algumas vindas da Antiguidade, a exemplo dos Nibelungos e do ciclo arturiano, também está presente a tensão entre homens e deuses, assim como entre o cristianismo que se instaura e as divindades pagãs que recuam e se recolhem a seus Walhalas em cinzas. No ciclo arturiano um mago, Merlin, é o mediador entre dois mundos, confirmando a magia como meio de negociação entre a esfera humana e sagrada.

Do que mais falei? Devo ter dado mais exemplos da presença do mágico e do mítico na literatura medieval e renascentista. Citei esses monumentos, estruturas reveladoras de cosmogonias, como a *Divina Comédia*. Passei pela épica renascentista, pelas Jerusaléns libertas e Orlandos furiosos, até chegar ao final do século XVI, entre 1580 e 1600. O tempo em que Camões publicava seu *Os Lusíadas*, enquanto Cervantes, terminadas suas primeiras tentativas literárias, já se dedicava ao *Dom Quixote*. São contemporâneas duas obras de dois dos três maiores escritores de seu tempo — o terceiro é Shakespeare — que correspondem a movimentos antagônicos. Uma delas, a do lusitano, impregnada de mito e magia, identifica as conquistas marítimas portuguesas às epopéias da Antiguidade. Os navegadores de Vasco da Gama refazem a viagem dos argonautas, protegidos por Vênus, afrontando Dionisos. Flanqueiam o Gigante Adamastor, guardião da passagem entre o conhecido e o desconhecido, razão e mito.

A outra, do espanhol, dessacraliza o passado heróico das giestas de cavalaria e o substitui por outra imagem do homem e de sua relação com o mundo. Cervantes rompe um cordão umbilical entre literatura e o mágico e oculto. Coincidindo com a afirmação do universo copernicano, razão cartesiana e física newtoniana, *Dom Quixote* mostra o homem entregue a si mesmo, sem perspectiva de transcendência em um mundo esvaziado, despido de mitos, onde seres lendários não passam de ilusão dos sentidos, e os adversários do herói são moinhos de vento e não gigantes. Conforme já o mostraram Borges, Octavio Paz, Foucault e tantos outros, ao escrever sobre um decadente fidalgo andaluz, que por sua vez escreve seu livro, Cervantes inaugura o jogo de espelhos, a obra que se auto-reflete ao tornar sua escrita um tema da escrita. Em uma era de predomínio da razão, outra concepção da literatura e de sua relação com o mundo e o autor.

Isso não significa que o oculto tivesse sido absorvido pela racionalidade, desaparecendo do pensamento ocidental. A ruptura foi aparente. O século XVIII, ou Século das Luzes, é uma época dividida. De um lado, o discurso da claridade, da razão triunfante pela voz de enciclopedistas e iluministas. De outro, um avanço equivalente da noturnidade, um recrudescimento da atividade ocultista e da especulação visionária, preparando o terreno para o Romantismo. Para cada Voltaire, um Cagliostro. Afastados do saber oficial, o mítico e mágico retornam pela porta dos fundos. Não apenas à sombra, nos desvãos dos corredores do simétrico edifício da modernidade, do qual o prédio da Câmara Municipal, onde eu prosseguia minha palestra, podia ser uma alegoria. Especulava-se sobre conhecimentos secretos também à luz do dia. Magos como Cagliostro e Saint-Germain foram personagens da corte, envolvidos em intrigas palacianas, na política da época.

Foi (ainda é?) um tempo de coexistência e tensão entre mundos opostos. Representa essa dualidade o sueco Emanuel Swedenborg, matemático, físico e biólogo, detentor do saber científico da época, e igualmente autor de especulações delirantes, aplicando o princípio da analogia e das correspondências. Da sua obra, permaneceram e tiveram influência, por intermédio de discípulos e seitas, os volumes sobre a natureza da divindade e dos anjos, habitantes de outros planetas e esferas cósmicas.

Faz parte do mesmo século XVIII outro enorme visionário, William Blake, que transformou o misticismo em substância da criação poética em sua crítica à tradição cristã, na busca da síntese entre Bem e Mal. É quando também se expande a seita dos martinistas ou iluminados, os discípulos de Louis-Claude de Saint-Martin, de grande influência no século seguinte: magos como Elifas Levi foram seus seguidores. E também escritores. Um deles, o poeta romântico

Gérard de Nerval — autor de *Les Illuminés*, sobre a vinculação a essa seita de escritores seus predecessores — é lembrado não só por sua obra e por suas excentricidades, a loucura registrada em textos como *Aurélia* e o final trágico (suicidou-se), mas pela influência da Cabala em seus poemas.

Prossegui na fala sobre exploradores de um Oriente imaginário e uma Antiguidade mítica de arcanos, intensificando suas pesquisas da metade do século XIX em diante, resistindo à virada do século e chegando até hoje, chegando a nós. Alguns dos meus ouvintes faziam parte de sua descendência imediata: os teosofistas do Círculo Esotérico e algum maçom filiado a lojas abertas por Cagliostro. Mostrei a permanência desse vínculo em Rimbaud, nos simbolistas, nos pré-modernistas, até chegar aos surrealistas. Até chegar ao dia-a-dia da São Paulo do final do século XX.

Apoiei-me no texto inédito da palestra de Maria Lúcia dal Farra, aquela da Semana Surrealista. Li um de seus trechos sobre Baudelaire para mostrar a meus ouvintes que tínhamos algo em comum, que podia haver uma relação de cumplicidade entre nós: *...o esforço em trazer para a poesia contribuições de uma tradição esotérica que dificultava a leitura dos poemas, causando sérios embaraços de decodificação, faz parte da recusa baudelairiana em participar do mercado cultural.* (...) *Esta inserção do esoterismo em sua poesia, inserção de uma cultura que sempre se manteve à margem da sociedade, implica uma* ***resistência*** *aos discursos dominantes e facilmente consumíveis, na medida em que cria uma obra que se faz a contrapelo, contra as leis do mercado.*

Aproximava-nos então, a mim e a minha platéia, estarmos em uma cultura de resistência, fora do mercado de bens culturais. Mas estaríamos? Obras de esoterismo e pseudociência haviam deixado de ser um produto à venda unicamente sob o portal de titãs da Livraria Pensamento. Horóscopos eram uma arte praticada por muito mais gente que os sisudos, porém simpáticos senhores do Círculo Esotérico.

O hermetismo como modo de resistência levou-me a um tema de particular interesse, as heresias, especialmente a gnose. Ainda devo um estudo mais amplo à linhagem gnóstica, que reaparece, misturada a temas do hermetismo egípcio e helênico e da Cabala, em obras literárias. É notável a sobrevivência de idéias nascidas nas areias da Palestina e Egito, inventadas por um concorrente do Cristo, um certo Simão o Mago, meio personagem histórico, meio lendário, para depois se disseminarem pelo restante da Ásia Menor em remotos séculos I e II, dispersas por seitas, religiões secretas como a dos ofitas, adoradores da serpente da Gênese. Os crentes na criação do mundo por uma divindade decaída, na salvação humana pela obtenção de um conhecimento resultando, não da adesão, mas da luta contra Deus. Para alguns, pela adoção de um código moral às avessas. Livros de história das religiões passam rápido demais por um assunto tão intrigante. Mencionam "gnósticos dissolutos", admitem a existência das heresias radicais, misto de religião e devassidão, onde o culto se confundia com a orgia, e a libertinagem chegava a níveis não imaginados por qualquer imaginação moderna, e seguem em frente.

Que William Blake é um escritor antecipado pela gnose, e não só pelo paganismo, é sabido. Não tão mencionados como gnósticos, há Lautréamont, Alfred Jarry, Antonin Artaud. Nos *Cantos de Maldoror*, logo na parte inicial, Lautréamont relata um encontro com Deus. O Criador está instalado no meio de um charco de sangue em ebulição, devorando como um abutre membros de criaturas que nadam nesse líquido. É uma paródia de Dante, invertendo a *Divina Comédia*, onde o charco sangrento é um dos círculos do Inferno e o devorador de humanos sofredores e pecadores é o Diabo. Então o criador, na versão de Lautréamont, corresponde ao demiurgo, Ialdabaoth, o decadente dono do mundo segundo seitas gnósticas.

Alfred Jarry, leitor dos *Cantos de Maldoror*, de Lautréamont, teve formação em filosofia oculta, que transparece em suas narrativas em prosa, menos divulgadas que a peça teatral *Ubu Rei*. Seu *O Amor Absoluto*, ao inventar um amor incestuoso entre o Cristo e a Virgem Maria, adota a perspectiva de um mundo invertido em que cada enredo contém seu oposto. O princípio hermético da analogia, da correspondência entre coisas distintas, é aplicado em sua proposta da Patafísica, arte das soluções imaginárias, e em textos que parecem exercícios de humor, como o poema sobre o caso amoroso entre uma lagosta e uma lata de *corned beef*: atrai-os sua afinidade por serem análogos, duas sólidas carapaças recheadas de carne... Antecipação do jogo do *um no outro* praticado pelos surrealistas décadas depois.

A filiação gnóstica de Antonin Artaud, criador do Teatro da Crueldade, precursor da contracultura e antipsiquiatria, leitor e admirador de Lautréamont e Jarry, foi exemplificada com os textos de sua fase final, as imprecações de *Para acabar com o julgamento de Deus*, um catecismo de heresias: *É deus um ser?/ Se o for, é merda; mas ele não existe/ a não ser como vazio que avança com todas as suas formas/ cuja mais perfeita imagem/ é um número incalculável de piolhos*. Isso é dito a partir de *um ponto/ em que me vejo forçado/ a dizer não,/ NÃO/ à negação*. A liberdade está no avesso: *Então poderão ensiná-lo a dançar às avessas/ como no delírio dos bailes populares/ e esse avesso será/ seu verdadeiro lugar*. O paralelo entre escritos de Artaud e idéias gnósticas é reforçado por seu uso de palavras sem sentido, pura sonoridade, em um procedimento análogo à linguagem adâmica dos rituais gnósticos: *potam am cram/ katanam anankreta/ karaban kreta/ tanamam anangteta/ konaman kreta/ e pustulam orentam/ taumer dauldi faldisti...* Para ele, *toda verdadeira linguagem é ininteligível*. Susan Sontag comenta que essas passagens têm um valor mágico: *A atenção ao som e forma das palavras, como distinta de seu significado, é um elemento do ensinamento cabalístico do Zohar, que Artaud estudou na década de trinta*.

É assim que uma crença da Antiguidade, banida como heresia nos primeiros séculos da nossa era, com seus remanescentes, bogomilos e cátaros provençais de Albi e Toulouse exterminados militarmente no século XIII, reaparece na literatura como sombra da História, expressão da revolta gravada no inconsciente contra um mundo e uma sociedade onde tudo está errado, fora do lugar. Adesão ao avesso na fascinação romântica pelo desafio, não apenas à ordem social, mas universal, que também reaparece nos delírios dos loucos, nos surtos dos psicóticos.

Tocando na heresia, procurava mostrar que a ligação com o hermético e oculto não precisa pautar-se pela circunspeção e rigor devocional. Minha digressão por autores não apenas rebeldes, porém blasfemos, pode ter sido uma provocação para sacudir a platéia do possível torpor provocado pelos até então três quartos de hora de incessante falação, além de chamar a atenção para esse caldo de cultura do alternativo e da negação tão enraizado na História. Também apresentava exemplos radicais de proximidade entre literatura e vida, de autores rebeldes cujas biografias se confundem com as obras, ao tratar do tema do ocultismo, pertencente à ordem do biográfico, das escolhas do autor.

Ainda passei por escritores que viveram acontecimentos que podem passar por sobrenaturais. Citei alguns mencionados em *O Oculto*, dando especial atenção, como modelo de escritor-ocultista, a Yeats e sua militância na Ordem da Aurora Dourada, certamente familiar a alguns dos meus ouvintes. A história do surrealismo, com seus sonos hipnóticos e manifestações do acaso objetivo, permitiu-me chegar às duas vias, dois modos de aproximação de literatura e oculto, do autor que se move na direção do oculto, do oculto desterritorializado pela poesia. Citei-me ao relatar, mais uma vez, os acontecimentos que culminaram com o reencontro do meu livro no sebo da Martinico Prado.

Concluí com a distinção de Octavio Paz, em *O Arco e a Lira*, entre poeta e mago. Ambos praticam operações semelhantes. No entanto, a meta do mago é o domínio das forças cósmicas e interiores. Busca o poder. Já o poeta da inspiração romântica se abandona a essas forças. Busca, quando muito, o poder sobre a linguagem. Ao mesmo tempo, submete-se a ela, torna-se seu servidor, aquele que lhe dá passagem. Dirige-se para a abdicação da individualidade, sua anulação e não sua afirmação.

17

Pronto. Podia terminar a palestra, insistindo em que a magia está na poesia, quando esta se projeta no futuro, vitoriosa sobre o tempo. Cravada no relógio, uma hora para meu resumo da ligação de obras e autores a temas do ocultismo. Encarei a platéia, à espera de perguntas. Por uns segundos, no máximo meio minuto, permanecemos nos fitando antes que eu desistisse de esperar que meus impassíveis e educados ouvintes, os maçons, rosacruzes, teosofistas, mais os seguidores de Ananda Marga, do Rajneesh e o solitário Hare-Krishna, dissessem algo. Agradeci e encerrei.

Não acredito que o silêncio que preencheu aquele intervalo fosse provocado pelo desinteresse, cansaço de quem havia perdido o fio da meada em algum trecho da viagem através dos tempos e textos. Não foi, espero, o silêncio da reprovação, recusa a discutir o que achavam descabido ou equivocado, acentuada por olhares de censura, expressões de desgosto. Menos ainda, o silêncio da imobilidade hipnótica, paralisia pelo espanto diante do inaudito, impossibilitando articular qualquer coisa. Nem uma tácita aprovação de minhas afirmações, daquelas modalidades de silêncio que sobrevêm quando a admiração inibe o questionamento.

Talvez os deixasse perplexos e o silêncio fosse o resultado da confusão pelo excesso de referências. Sim, pode ter sido isso, afinal, com o mito em Camões, sua desmistificação em Cervantes, até aí estamos na cultura literário básica, mas a obra de Lautréamont, Jarry e Artaud já pedem conhecimento especializado. Ou então, conheciam os assuntos de que tratava e houve um recuo tático, fuga do debate secular: ao trazer à cena heresias, a gnose e seus representantes na literatura, tomava partido, situava-me do lado do negativo, do que podia ser magia negra, diante de representantes de uma magia branca que busca conciliar-se com a tradição cristã.

Possivelmente, muito provavelmente, esgotado o tempo previsto para aquele segmento da programação, não quisessem iniciar um debate que invadiria o horário da palestra seguintes. Podem, ainda, ter achado a literatura um tema distante de suas preocupações por terem contato mais íntimo com os signos, instrumentos de suas práticas e rituais.

Quem sabe, um silêncio da recusa a abrir o jogo, revelar conhecimentos iniciáticos, permitir que eu partilhasse segredos. Um silêncio provocado pela certeza da inutilidade em discutir o além dos limites do discurso e o interdito à reunião pública. Pode ter havido, ao longo daquela hora, um mal-entendido sobre o qual não se deram ao trabalho de alertar-me. Detive-me, em minhas histórias de acasos objetivos, escritores envolvidos em acontecimentos paranormais e citações de textos, na superfície, na face visível de um núcleo indizível e intraduzível. Eles sabiam que o escopo do ocultismo e disciplinas correlatas, alquimia, astrologia, artes divinatórias, quando praticadas a sério, não é provocar acontecimentos externos e manifestar poderes mágicos, mas a transformação interna, a ascese do praticante. Mas, se a experiência interior é intraduzível, então para que palestras, qual a finalidade de um encontro desses?

Enfim, esse público tão diversificado em suas proveniências e filiações ofereceu-me uma soma de silêncios, pluralidade de motivos para nada perguntar, argüir ou comentar. Todos os que me passaram pela cabeça e mais alguns com que não atinava, ao dirigir-me para a saída do salão, acompanhado pela anfitriã, ainda cumprimentado por um dos senhores de terno e gravata: — Sua palestra foi muito profunda, disse-me. Profunda? Terá sido? Ou proporcionei uma manifestação da *hybris*, a ambição desmedida, querendo abranger tudo, incluindo-me na palestra e às histórias acontecidas comigo, consumando um despropósito igual a pontificar sobre teologia em um encontro de clérigos, sobre filosofia da ciência em um congresso de especialistas em física teórica?

Mas o que esperava da reunião com adeptos de seitas, herdeiros do hermetismo, continuadores do misticismo? Ou melhor, esperava algo? Se houve um encontro de duas tradições, literária e oculta, foi em minha fantasia. Acontecimentos reais servem a imagens, das quais o encontro na Câmara Municipal de São Paulo ensejou uma reordenação, um novo arranjo do que havia dito na Aliança Francesa, do que havia escrito em meu livro, do que havia lido, visto, vivido. Uma revisão de idéias, textos e fatos. Um retorno aonde havia estado.

Daquela palestra até este texto ainda há tanta coisa — tudo o que fui refazendo, retirando e acrescentando, em um estudo e uma discussão que são intermináveis, pois seus objetos são mutantes. Passado e tradição nunca são os mesmos. A cada vez que são evocados, é de outra coisa que se fala. Exemplo disso são os grupos e seitas que compuseram meu público. A recriação mítica das origens é própria deles, assim como já o faziam as heresias, gnose inclusive, inventando evangelhos apócrifos, e os cabalistas que atribuíram seus escritos a profetas bíblicos. Madame Blawatsky apresentou como manuscritos não apenas revelados, mas descobertos, origens de uma tradição tibetana, seus livros sobre Ísis sem véus e a doutrina secreta. Assim como o fez Elifas Levi ao recriar uma Cabala. E tantos outros, a exemplo de Cagliostro com sua maçonaria invocando o hermetismo de Alexandria.

Ao reinventar sua história, as seitas e doutrinas procedem de modo análogo a movimentos literários. O Romantismo criou sua Idade Média idealizada. Épicos da Renascença descobriram a seu modo a Antiguidade clássica, em particular a cultura helênica, e puseram-se a reescrever Homero e Virgilio. Surrealistas refizeram o Romantismo e se proclamaram seus herdeiros e continuadores. Borges nos trouxe novos ancestrais literários saxões e até islandeses, para ele insuperados criadores da narrativa. Tanto na história da literatura como do ocultismo, o olhar do presente, ao engendrar o futuro, transforma o passado alterando-lhe o sentido. Hebreus, gregos, egípcios, romanos, europeus medievais, chineses e indianos tornam-se outros, representações do que não somos, do que queremos vir a ser. E as duas tradições, a oculta e a literária, dialogam ao longo de suas histórias acontecidas, imaginadas, inventadas, transformadas a cada um de seus encontros, como as duas serpentes mercuriais, símbolo do hermetismo e por extensão de todo o saber, entrelaçando-se, cruzando-se e confundindo-se. Teço também um enredo ficcional, embora feito de acontecimentos reais?

Poderia terminar negativamente diante do silêncio a suceder-se a minha palestra, mostrando a dissolução das referências, perda de solidez do real. A ausência de respostas de todos a quem me dirigi, desde interlocutores em mesas de bares, passando por estudiosos do signo e da linguagem, conferencistas sobre surrealismo e seus ouvintes, até chegar a ocultistas reunidos em um simpósio, corresponde à busca do sentido da linguagem que não chega a lugar algum. Acaba no escrito sobre o que não sei dizer, por ser impronunciável. Por isso, conduziu-me a um percurso circular, à história, entre outras, de como, ao fitar a capa do livro com meu retrato estampado no sebo que me pareceu uma porta de entrada para o mundo dos mortos, antecipei que escreveria um livro futuro relatando como fui parar em um sebo, ao encontro de um exemplar de meu livro, para desenhar-se em minha mente o texto sobre o encontro de um livro, em um sebo, quando então...

Resta o movimento. O movimento entre dois pólos, do acontecido e do imaginado, da realidade e do texto. Consegui percorrê-lo em sua dupla mão. Do real ao signo, do acontecimento às palavras que o designam, e também no misterioso movimento oposto, avesso da escrita, do imaginário à realidade por ele constituída, não só trazendo o signo para perto do real, mas elevando o real ao plano do simbólico, para que o acontecido ganhe a luminosa liberdade do imaginado. O reverso da escrita é o que acontece depois de escrito. É a magia, o modo como signos contêm um futuro.

Ao descer do décimo andar da Câmara Municipal, detive-me à porta do prédio envidraçado para resolver aonde ir, qual rumo tomar. À direita, tinha a praça da Biblioteca. Atravessando-a, o lugar onde haviam funcionado o Paribar e os demais bares que já fecharam, ou que permanecem mas ninguém freqüenta. À esquerda, se acompanhasse o compacto fluxo de trânsito, a Liberdade dos restaurantes agora lotados e abertos madrugada afora, das sedes de associações esotéricas, de vazios que já foram ocupados por cinemas japoneses. Bem à frente, bastando atravessar o viaduto e seguir pela Santo Antônio, o Bixiga de cafeterias e casas noturnas que já deixaram de ser freqüentadas, da livraria na esquina da Treze de Maio e Santo Antônio, que permanecia aberta até a meia-noite e também havia fechado. A minhas costas o Anhangabaú em obras, centro transformado em buraco de barulho e fuligem cercado por derelitos de fachadas sujas e pintura descascada.

Nada. Mais nada a fazer no fim de tarde ainda ensolarada em que deixava para trás a programação diversificada daquele colóquio, e sua platéia de habitantes de um mundo onde não havia entrado. Onde por pouco não entrei. Podia ter-me tornado membro de um desses grupos, freqüentador de salões como o lugar onde, certa vez, estive — não no bairro da Liberdade, onde ainda se reúnem os que buscam conhecimentos secretos, porém na Mooca, na Rua da Mooca, a rua de lojas e sobrados cortada pela ferrovia — para conhecer a versão local de um MacGregor Mathers diante de seus discípulos, convidado por rapazes que pretendiam formar um grupo para traduzir *A Serpente da Gênese* de Stanislas de Guaita. E tantas outras vezes em que estive tangencialmente próximo da Cabala, de alguma ramificação da parapsicologia, de uma variante do misticismo oriental, dos cultos afro-brasileiros, de um autoproclamado alquimista (não sem episódios entre o curioso e o inquietante, como o do mestre de uma dessas disciplinas que se colocou ao lado do retrato de Cagliostro publicado no *Miroir de la Magie*, de Kurt Seligman, para mostrar-me como ambos, ele e o retrato no livro, eram absolutamente idênticos — mais tarde soube que o mesmo personagem imitou a façanha de Aleister Crowley em Lisboa e fez que o enterrassem em um buraco bem fundo em Florianópolis, despedindo-se dos discípulos antes de iniciar a viagem ao centro da Terra...).

Nessas ocasiões, faltou, para dar um passo à frente, a impressão de um chamamento, o despertar de uma vocação semelhante ao dia em que subitamente me vi a escrever frases de um poema. Fazia-me desistir desse passo a mais, assim como de permanecer no auditório da Câmara, a desconfiança da sua inutilidade, da impossibilidade de juntar pedaços de um mundo quebrado, hoje feito de salões separados que outrora ocuparam o mesmo lugar, aquelas sedes de clubes e confrarias onde era natural se encontrarem Baudelaire e Elifas Levi, Mallarmé e Sar Péladan, Yeats e Madame Blawatsky, cada um deles acreditando que o outro podia ser parceiro na tentativa de traduzir o mundo na linguagem comum a poetas e magos.

Não. Não podia ter sido o ostensivo prédio do Viaduto Jacareí, tão central, o lugar de um encontro e um diálogo entre poesia e magia. Ainda não. Por enquanto, caves do Bixiga, desvãos da Liberdade, inesperados salões em velhos sobrados da rua da Mooca. Ou então o excessivamente distante, o remoto no tempo e no espaço, aquela periferia de Zona Norte que ninguém mais sabe onde fica, lugar de um encontro que ninguém será capaz de dizer quando foi, do desconhecido vidente das facas e sua exata profecia dirigida a Augusto Peixoto.

Mas não saí da Câmara levando apenas o que havia trazido, folhas de anotações, rascunho de um ensaio futuro, um livro futuro. Acompanhava-me a admiração pelos ocultistas e seu debruçar-se atento e reverente sobre o significante, buscando mirá-lo em seu peso e sentido primordial, no que pode conter de realidade, fragmento de alguma possível verdade. Estudiosos do hermetismo e praticantes do ocultismo na tradição ocidental prosseguem uma espécie de cópia da literatura, uma transcrição semelhante à dos calígrafos medievais, voltada para a forma da letra, seu desenho mais que seu sentido. A cerimônia mágica é uma metáfora da literatura, orientada por uma semiologia e uma gramática secretas, cujas chaves seus praticantes buscam, cujo conhecimento será o resultado final de sua disciplina e ascese. Falar e escrever — pode ser essa a insuspeita meta do mago. Se é o signo que cria a realidade, ao tornar possível a sua percepção e interpretação, então o domínio do real requer o domínio do signo; o conhecimento é, em primeiro lugar, conhecimento da palavra.

O fundamento da Cabala e do hermetismo é a idéia do universo como escrita, texto a ser decifrado. Mas não somos nós os autores desse texto? De certo modo, sim. A busca do sentido do signo é abissal: acaba sempre revelando a imagem de seu emissor, o homem, por sua vez constituído pelo signo. E tanto faz se a *Bíblia*, o Sepher Jetzirah, os Sutras e as Clavículas de Salomão — ou *Ilíada* e *Odisséia*, a *Divina Comédia*, o *Dom Quixote* — foram, ou não, ditados por poderes externos, inspiração soprada aos ouvidos de quem os escreveu, sussurro divino, voz dos anjos, inconsciente individual ou coletivo. De certo modo o foram. Ao menos, no sentido de que a obra não é criação exclusiva do autor, porém da humanidade, do conjunto dos que partilham a língua. O autor é co-autor, ponto de confluência das vozes dos que o antecederam e de seus contemporâneos.

Talvez nós, os escritores, ainda venhamos a ser os verdadeiros detentores do saber hermético. Em um novo Renascimento, um desses períodos semelhantes ao final da Idade Média ou do advento do Iluminismo, quando se anunciam novas eras e grandes mudanças na História, e o mais antigo e tradicional reaparece para estimular o novo, estaremos empenhados em uma operação mágica. Uma tarefa semelhante à praticada pelos surrealistas, ao suscitarem o acaso objetivo. Ou àquela descrita por Borges, parodicamente, porém ainda assim relatando um dos raros momentos em que o signo e o homem ultrapassam seus limites e se tocam, tocando também uma realidade além ou adiante deles.

A chave do enigma proposto por Borges me parece clara. O Aleph, o do conto, era falso, nada mais que mistificação, diz-nos ele. Assim como era falso seu correlato, a torrencial produção literária de Danieri, seu dono. Um falso livro. Mas para que ele possa ser falso, tem que haver o livro verdadeiro, a verdadeira literatura. E para que ainda existam outros tantos falsos alephs, tem que haver um Aleph verdadeiro. Tem que existir a coisa designada pela letra que representa o som prévio, informe, ainda não vogal nem consoante, que pode estar em qualquer lugar. Em todo lugar. Aqui. Envolvendo-nos e tornando-nos habitantes da esfera luminosa onde tudo se encontra, e são simultâneos meu gesto de digitar essas palavras e seu olhar, leitor, voltado para o escrito, voltado para mim.

Entre meu gesto e seu olhar está o que o símbolo contém e nos restitui, simultaneidade de imagens que se sobrepõem no mesmo espelho bifronte, luzes vencendo sua opacidade, mostrando fragmentos de cidades com suas ruas e lugares em uma nova geografia onde a Rua Treze de Maio atravessa a Praça Dauphine, chega a uma praia e também chega às ruelas de alquimistas de Praga.

É aqui onde se encontram autores e personagens de diferentes épocas e lugares. Dialogam. Discutem, concordam e divergem. Trocam palavras que, ao emergir na tela do texto, repetem o ressoar das vozes de poetas e magos, poetas que foram magos, magos que foram poetas, poetas e magos que foram profetas.

NOTA: Algumas das obras e autores de que me servi estão indicadas no texto. Mas nem todas. Seria incorreto não registrar Emir Rodriguez Monegal sobre Borges. Quanto à Cabala, a fonte mais importante foi Gershom Scholen (ele pôs a casa em ordem em matéria de estudos sobre misticismo judaico, mas, mesmo assim, tenho dúvidas quanto a suas datas de origem da Cabala — século XIII? — e o ***Sepher Jetzirah****, de algum século I ou II, provável compilação de algo mais antigo transmitido oralmente? — e sobre os limites do autenticamente cabal ístico ou não: dado o seu pluralismo, sua ramificação em subseitas, por que não versões e recriações como a de Elifas Levi? — e acho exagerada sua crítica ao modo como Gustav Meyrink romanceou a lenda do Golen).*

Sobre Breton e surrealismo, mais recentemente a biografia por Henri Béhar e os estudos de Marguerite Bonnet. Na época dos acontecimentos aqui relatados, lia, entre outros, um livro de Michel Carrouges com um excelente capítulo sobre acaso objetivo.

A citação cruzada, indireta, de Baudelaire por Eliot, que comento no apêndice do capítulo 13, utilizei-me desse procedimento, de referir-me a um autor e, em outro trecho, aproveitar algo de suas idéias ou parafraseá-lo. Isso conscientemente, à parte o quanto devo tê-lo feito sem reparar. Nem vale a pena indicar lugares onde isso ocorre e nomear minhas referências. Um livro sobre literatura e realidade, e como os dois planos se confundem, leva à pilhagem de textos, tanto quanto à apropriação de acontecimentos e seqüestro de personagens que existiram ou ainda existem.

Reparei na alusão-citação, o cruzamento Eliot-Baudelaire, através do prefácio de uma edição portuguesa de ***Waste Land****, de autoria de Maria Amélia Neto. Dela é a tradução dos trechos de Eliot aqui citados. Para* ***O Amor Louco****, de Breton, usei outra edição portuguesa, tradução de Luíza Neto Jorge. Para Yeats, Péricles Eugênio da Silva Ramos. Do restante, parte corre por minha conta —* ***Nadja****, Eluard, etc.*

Ainda a propósito de citações cruzadas, não posso deixar passar a rápida referência a **O Pêndulo de Foucault**, *de Umberto Eco, no capítulo 15. Preferi ler essa narrativa só recentemente, com este livro quase pronto. Mas meu encontro com ocultistas na Câmara Municipal pode ser uma ressonância do terrível encontro narrado por ele, sob o pêndulo. Também li seu* **Seis Passeios pelos Bosques da Ficção** *— onde ele mostra que a própria História pode ser criação ficcional e examina a colossal complexidade das relações ocultismo-literatura — só agora (agora? — semana retrasada, antes de digitar estas linhas? há meses?).*

Citei Octavio Paz várias vezes, mas não o bastante. Faltam suas indagações abissais sobre o sentido do signo, feitas em seu ensaio sobre Lévi-Strauss. Deixo-as para o final, epígrafes inversas:

Se a linguagem nos funda, nos dá sentido, qual é o sentido desse sentido? A linguagem nos dá a possibilidade de dizer, mas o que quer dizer *dizer*?

E:

...um signo nos remete a outro signo. Resposta circular e que se destrói a si mesma: se a linguagem é um sistema de signos, um signo de signos, *que significa este signo de signos*?

Vários dos meus capítulos são variações, paráfrases da mesma pergunta.

Meus originais tiveram leitores generosos, que trouxeram sugestões e proveitosas observações. A eles, meus agradecimentos.

SOBRE O AUTOR

CLAUDIO WILLER nasceu em São Paulo em 1940. Publicou os seguintes livros de poesia:

Anotações para um Apocalipse, Massao Ohno Editor, 1964;
Dias Circulares, Massao Ohno Editor, 1976;
Jardins da Provocação, Massao Ohno/Roswitha Kempf Editores, 1981.

Traduziu e prefaciou *Os Cantos de Maldoror*, de Lautréamont, 1ª edição: Editora Vertente, 1970, 2ª edição: Editora Max Limonad, 1986. Traduziu, organizou e prefaciou *Escritos de Antonin Artaud*, L&PM Editores, 1983, e *Uivo, Kaddish e outros poemas*, de Allen Ginsberg, L&PM Editores, 1984. Prepara agora uma edição completa de Lautréamont — Os *Cantos de Maldoror, Poesias e Cartas*, notas e comentários — a sair pela Editora Iluminuras.

Essa relação bibliográfica mostra seus vínculos com duas grandes vertentes da criação e do pensamento crítico moderno, transgressivas, afins ao anarquismo. Uma, o Surrealismo. Outra, a Geração Beat e seus desdobramentos.

Co-autor da coletânea de ensaios *Alma Beat* (L&PM Editores, 1985), participa também de antologias; as principais, *Carne Viva*, coletânea de poemas eróticos, org. Olga Savary (Ed. Achiamé, 1984); *Artes e Ofícios da Poesia*, org. Augusto Massi (Editora Artes e Ofícios/ Secretaria Municipal de Cultura de São Paulo, 1991); *Folhetim - Poemas Traduzidos*, org. Nelson Ascher e Matinas Suzuki (ed. Folha de S. Paulo, 1987, com uma tradução de Octavio Paz); *Sincretismo - A Poesia da Geração 60*, org. Pedro Lyra, Ed. Topbooks, 1995.

Como crítico e articulista, colaborou nos principais suplementos e publicações culturais brasileiros: *Jornal da Tarde*, *Jornal do Brasil*, revista *Isto É*, jornal *Leia*, *Folha de S. Paulo*, etc. Participou de projetos de imprensa alternativa: jornal *Versus*, revista *Singular e Plural*, jornal *O Escritor* da UBE, etc.

Atua em entidades da sociedade civil. Na UBE, União Brasileira de Escritores, foi por duas vezes presidente (1988/90 e reeleição até 1992), e também secretário geral (de 1982 até 1986). Ocupou cargos e funções na área cultural, como a presidência da Comissão de Literatura (Sec. de Estado da Cultura) e a representação do Ministério da Cultura em São Paulo. É assessor cultural na Secretaria Municipal de Cultura de São Paulo.

Este livro terminou
de ser impresso no dia
15 de janeiro de 2004
nas oficinas da
Associação Palas Athena,
em São Paulo, São Paulo.